正誤表

P29　9行目

「青豆を引き抜き」（誤）→「青豆の枝を引き抜き」（正）

P38　4から5行目

「～ご飯もちゃんと食べられたのです。　　　　　その頃の

ばあちゃんの～」（誤）

↓

「～ご飯もちゃんと食べられたのです。

その頃のばあちゃんの～」（正）

P74　10行目

「里見ばあちゃん」（誤）→「里美ばあちゃん」（正）

P97からP128までの「はしら」

「思い立っちゃんたら吉日」（誤）→「思いたっちゃんたら吉日」（正）

P139　4行目

「たすかに」（誤）→「たしかに」（正）

11行目

「幸い幸いと生きるのも人生」（誤）→「幸い幸いと生きる人生」（正）

思いたっちゃんたら吉日

―福島で5人の子どもを育てたかあちゃんの記録―

大河原多津子

中学生になった優君《ゆう》へ

一つの人生は、永いながい二つの眠りの間のわずか数十年のエピソードに過ぎません。

生まれ落ちる時、場所、環境は、自分の意志で選ぶことができないとしても、十代に入ったあなたには、これから自分の人生を自分で選び形作っていくことができます。

人間の感性というのは面白いもので、一つの事象を嬉しいと思うか、哀しいと考えるか、役に立つかもと思案するか、儲からないかと策を巡らすか、ハナからつまらないと投げ出すか、すべて思いは心の中にあります。日々の流れの中で、何を見、何を聞き、何を手に取り、何を思い出として残していくのか、それはあなた次第です。

優君。

ばあちゃんが、これからあなたに示すのは、数え切れないほどの〝人生〟というタペストリーの中のたったの一枚です。ばあちゃんが、ギクシャクと重ねてきた六十年。たくさん間違いもしました。でも、その時どきに、ばあちゃんは、考え、考え抜き、時には湧き出た直感のままに行動し、一日一日を積み重ねてきました。

ばあちゃんのタペストリーの中に、何か、あなたがこれから生きていくうえで拠《よ》りどころになることが一つでも二つでもあれば、ばあちゃんはとても嬉しいです。

その一点で、私の人生は無駄ではなかったと思えるからです。

大河原多津子

目次

第一章　畑の中で育った子ども達

畑仕事をするのが夢だった

ばあちゃんは、一九五四年、福島県郡山《こおりやま》市に瓦屋の娘として生まれました。生真面目で、瓦屋の親方よりは例えば銀行員などに向いていたのではないかと思われた父親の線の細さと、愚痴も時々言うけれど、いつも前向きに生きてきた母親の楽天気質を併せ持つ、ちょっと歪《いびつ》な精神の持ち主が、あなたのばあちゃんです。

男きょうだい三人の中の女一人だったことと、他のきょうだいより少しだけ学校の成績が良かったことから、ばあちゃんは進路を気ままに選ぶことができました。郡山市の進学校から福島大学教育学部に進み、でも教員にはならず、卒業後「人形劇の勉強をしたい」と上京し、一年足らずで挫折して家に戻り、紆余曲折あって有機農業をしていたあなたのじいちゃんと結婚したのです。

畑仕事をすることは、ばあちゃんの夢でした。

大学の授業の中で、中国の飢饉の歴史を学んだり、当時ベストセラーになった有吉佐和子の『複合汚染』を読んだことから、「安全でおいしい食べ物を、自分で作りたい」と思ったのです。

悠久の大地に立ち、太陽の陽射しのもと、手に持った鍬《すき》と己の力で食べ物を育てるのは

「かっこいい！」と思いました。

戦後、商業や工業で世界経済のトップレベルにのし上がることに専心してきた日本という この国で、農民の立ち位置は社会の底辺に近い不安定なものでした。

必死に働いても天候や相場に左右され、希望する収入は望めない、だから「親が子どもに勧められる仕事」ではなくなっていました。

それでもばあちゃんは農業を選びました。「医食同源」の言葉どおり、食べ物こそ体を作るもの。清潔な水や食べ物を体に取り入れることは、健康できれいな生き方につながると思ったのです。

やりがいも、生活の安定も、社会的なステイタスも手にすることができる「教員」という人生を選ぶ以上に、ばあちゃんには、「農民」になる自分が誇らしく思えたのです。

青柳堂《あおやぎどう》での暮らしが始まった

一九八五年、田村市船引町ですでに有機農業を営んでいた大河原伸と結婚し、農業を学び始めました。大河原家には、「青柳《あおやぎ》」という屋号がありました。数代前のご先祖様が文房具屋を商っていたことがあり、そのときの店の名前が、「青柳堂」だったそうで、以来、周囲の皆さんは、我が家を「大河原」ではなく、「青柳」と呼ぶのです。じいちゃんが有機農業を選んだとき、「農民にも看板があったほうがいい！」と「青柳堂」という立派な看板を掲げたのです。

ばあちゃん達の農業の大切な材料のほとんどが、自然や米作の中にありました。木の葉、藁《わら》、籾殻《もみがら》、米糠《こめぬか》、灰、野菜屑《くず》、家畜の糞《ふん》…… 日本が長い歴史の中で培って来た農耕の知恵がたくさんありました。

大気と陽のぬくもり、時々の雨、そしてあなたのお母さんの名前の「風」の中に、人間の営みがすっぽりと包まれる。人はこの大切な星のごくごく微小な面積を耕し、日々その恵みに感謝して生きる糧《かて》、生活の手段を手に入れる。驕《おご》ることなく、一生物としての謙虚さを考える。そんな生き方をしたいと、私はいつも考えていました。

そうして、ほぼそのように生きてきたつもりなのです。

春から秋までは田んぼや畑で農民として働き、冬期は人形劇を上演しにいろんな保育所や幼稚園を訪れる、これもまた結婚して三十年、少しずつ形作られた我が家のサイクルでした。

人形劇が救ってくれた

私がなぜ人形劇を一生やろうと決めたのか、ここでお話ししておきます。

ばあちゃんは、大学で児童文化研究会に所属し、人形劇を上演していました。

二十歳の頃、「自分は、何を仕事として生きていったらいいのだろう……」と、真剣に悩んだ一カ月がありました。人間関係のちょっとしたつまずきからすっかり自信がなくなり、三畳のアパートに閉じこもり、朝から晩まで本を読んで、再び浮かび上がれるヒントを必死に探しました。

「生きる」方向への道を求めたはずなのに、当時私に強い影響を与えた高野悦子の『二十歳の原点』を繰り返し読み、鉄道自殺で人生を終えた彼女につながる道だけが、私の前に白く美しく伸びているように見えた危険な一カ月でした。

自分の掌をどんなに見つめても「私」という実体がない。目の前の誰かに、その先の社会に、差し出す何物も、私は持っていない。「ここに私は居るよ！」と叫んで、認めてほしいのに、カラッポな自分。そう思い続けた苦しい時間でした。
でも、掌をよくよく見たら、小さな小さなけし粒ほどの希望があったのです。それは、夏休み、西会津の分校に人形劇の道具一式を部員みんなで運び、子ども達に見てもらった時のその目の輝きでした。さほど立派な人形でもなかったし、素晴らしく上手な芝居というわけでもありませんでしたが、目の前で動き回る人形達を子ども達は食い入るように見つめ、笑い、心の底から楽しんでく

れました。

私のような不完全な人間が、「子ども」という柔らかな精神の持ち主に、日常的に影響を与える「先生」という立場にたつことは許されないけれど、非日常的に「人形劇を見せる人」にならなってもいいかもしれない。

私は人形劇をやっていこう。年を取り、たとえ車椅子に乗ってでも、人形を使ったパフォーマンスならできると思ったのです。

空の片隅にほんの少し厳冬の明けの光が射してきた早朝、大学のグラウンド一面に張った水たまりの氷を一つ一つ割って歩いて、ばあちゃんは「生きていけそうだ」と思いました。ばあちゃんにとって、畑仕事が体を支えるものならば、人形劇は心のエネルギーの源なのです。

二つの車輪

有機農業と人形劇、二十歳の時、その二つの車輪で人生を構築しようと考えたのですが、ともに大河原伸と二人で回せるとは思っていませんでした。人形劇については、まずは一人で、子どもが大きくなったら子ども達とお座敷劇団が作れたらいいなと思っていました。

二人で始めたきっかけは、結婚後三カ月の夏に（後に思いもよらない形で有名になってしまう）飯舘村《いいたて》の、廃校となっていた小学校の校舎で行われた劇団「黒テント」のワークショップに参加したことでした。わずか三日間で芝居を作り、村の人達の前で発表するという刺激的な経験で、じいちゃんが「芝居は面白い！」ということに気づいたのです。

飯舘村からの車の中は、昂揚感満載でした。「始めは人形劇、いずれはお芝居も」と決め、ただちに人形を作り始め、十一月二十三日の勤労感謝の日に旗揚げ公演となりました。劇団の名前は「赤いトマト」。夏野菜のプリンセスのトマトにしようとまず決め、その後黒テントの中の小チーム「赤いキャバレー」の芝居（「注文の多い料理店」「やまなし」など宮沢賢治の作品を四、五人の構成で演じたもので、素晴らしかった！）に感動し、是非あやかりたいと「赤い」を付けたのです。

「赤いトマト」の活動は、三十余年にわたって、たくさんの友人・知人、思いがけない収入、そしてきらめくような公演の思い出を私達に残してくれています。本当に幸せなことです。

宝物の五人

三十歳で結婚し、翌年優君のお母さんの風子《ふうこ》を出産、三十三歳で海《かい》が生まれ、三十六歳の時に双子のこころとひかりを授かり、四十一歳にして次男の楽《らく》を迎えました。

六助じいちゃんと里美ばあちゃんも一緒に暮らしていましたから、九人家族が約十年続きました。

畳一枚分の長テーブルをぐるりと囲んだ九人の間には、いつも三つくらいの会話のスクランブル。大鍋に作ったカレーライスや一時間かけて揚げたテンプラ、誰かの誕生日には、リクエストのハンバーグや鳥の唐揚げが並び、ペチャクチャ、ワイワイ、モリモリしゃべって食べて、あなたのお母さんは大きくなっていき、私達は年を重ねてきたのです。

風子は、小さい頃からイラストを描くのが上手で、小・中学校の頃には学校のことでとても辛い思いをしましたが、高校を卒業すると「ピースボート（世界を一周して平和活動をするＮＰＯ主催の船）」に乗り、世界のいろんな国を訪れ、友達をたくさん作りました。優君のお父さんとの結婚、そしてあなたの誕生と成長は、ばあちゃんの大きな大きな喜びです。

長男の海は、微生物の勉強をするために農学部に入学し、二〇一一年、あの大震災と福島第一原発事故の後に、いろんな思いを携えて故郷に戻り、トマト、リンゴを中心に精いっぱい農業に取り組んでいます。二〇一六年五月に、倫子さんという素敵なパートナーを得て、農や食を巡ってこれからどんな動きが生まれるのか、とても楽しみです。

次女こころは、十代後半さまざまな問題を抱えて苦しみながら、自作の歌やお芝居の中に自己表現の道を見つけました。ばあちゃんが一番好きな「オレガナムの花」の歌を、優君もいつか聞いてくださいる。研ぎ澄まされた彼女の世界に触れることができるはずです。いろんな人がコミュニケーションを取れるような空間をいつの日にか持つ夢を胸に、いま広島で頑張っています。

三女ひかりは、中学生の頃から英語が好きで、高校の約一年間、大学は四年半をアメリカで学びました。通訳や翻訳の仕事をしながら、ドキュメンタリーアニメを創作していきたいそうです。親の範疇《はんちゅう》を軽く超えて行動してきた娘で、きっと私達にはわからない苦労もたくさんしたはずです。いろんな国の文化やアートについて、優君にも良い風を吹き込んでくれると思います。

そして次男の楽は、かつて我が家のアイドルで、たくさんの笑いと元気を私達に与えてくれました。友人も多く心優しい彼は、一年間の浪人生活を経て、現在教員養成大学で勉強をしています。浪人中の一年間は、ばあちゃん達が店を立ち上げた直後で、ほとんど彼のケアができず、孤独を感じる時も多かったはずですが、その分他人の気持ちを理解できる教師になれると、ばあちゃんは信じています。

人は得てして「過ぎてしまえばみな美しい」と考えがちです。

築百四十年の古民家の我が家で繰り広げられた九人の家族のものがたりは、「絵に描いたような幸せ」なものでは決してありませんでした。

いつも誰かが文句を言い、泣き声や怒鳴り声、それをまた諫《いさ》める声が入り乱れ、ためいきや我関せずの鼻歌がミックスし、怒濤《どとう》のように日々は流れました。ちょっと粗雑でも賑やかでパワフルな大河原家でした。

二つの通信

これから、優君に読んでもらう「やさい通信」の一部は、一九八三年に始まり、二〇一一年に一三八三号で突然の終わりを迎えた消費者向けの小さな通信、そして「えすぺり通信」は店が始まって半年後から発行を始めたものです。

じいちゃんが、有機農業を始めた頃、一人のお客様からこんな質問を受けたのだそうです。「大河原さんは、野菜に農薬や化学肥料を使っていないことをどうやって証明するの？」確かに、多少の虫食いの跡はあるかもしれないけれど、それで無農薬が確定するわけではないし、味の違いには主観も混じります。

じいちゃんは考え込んでしまったそうです。そこで、「毎週欠かさず通信を発行することで、自分を信用してもらおう」と決めたのだそうです。

以来、お正月と、優君のひいじいちゃんである六助じいちゃんが亡くなった時以外、通信は毎週木曜日に発行され、米、野菜、卵と共にお客様に届けられました。

農業への思い、畑や田んぼの様子、自然現象のこと、家族や地域社会について、そして日本や世界の情勢をどう考えるか、一九八六年のチェルノブイリ原発事故以来、いつも私達の上に漂っていた原子力発電への不安など、じいちゃんとばあちゃんは書き続けました。ズラリと並んだファイルは、まさしく私達の生きてきた証です。

ばあちゃんの説明の文を合間あいまに挟みましたが、「やさい通信」「えすぺり通信」の一部をどうぞ読んでみてください。

有機農業は素晴らしい

ばあちゃん達の家と畑は、福島県田村市の船引町にあります。海抜四五〇メートルにある畑は、冬の最も厳しい時にはマイナス一八度になったこともある高地です。「くろぼく」と呼ばれている畑は、じいちゃんが約三十年かけてミミズがたくさんいる有機質の土になってきました。土の表面五センチメートルには、多くの微生物がいるといわれていますし、米糠や鶏糞、油粕、骨粉で作ったぼかし肥料と牛糞堆肥が、作物を甘く柔らかく育ててくれます。

ばあちゃんが、大河原家で最初にした仕事は「このはさらい」でした。「このは」とは木の葉のことで、落葉樹の枯葉を集めてくるのです。これを、幅約二メートル、長さ約一〇メートルの木の葉のベッド「踏床」に敷き詰めます。ここに、米糠、油粕、水を入れ、よく攪拌《かくはん》して踏み固め、木の葉の発酵を促します。発酵に伴う熱は、約一カ月間三〇度を保ち、野菜の種の発芽を助けるのです。まだ寒い早春、阿武隈山地の農家が野菜の苗を育てるのに大変適した方法です。ナスやピーマン、トマト、トウモロコシ等々、育苗箱に蒔かれた種達は、ほこほこと温かい葉っぱ達の温度で根を伸ばし、芽ぶき、初々しい双葉を天に向かって広げていきます。

初夏を迎え、野菜の苗が畑に定植されると、役目を終えた苗床の木の葉は畑の隅に積まれ、一年間かけて腐葉土となり、翌年苗を育てる培土になります。有機的な循環ができているのです。

有機農業に携わるにしたがい、感動の日々が続きました。

＊――＊――＊――＊

▼やさい通信　1985・5・30

初めての田植え――

生まれて初めて田植えをしました。

そぼ降る雨の中、苗を一つ一つ植えていく夫の両親の姿を見ながら、〝今までに何度こういう光景がこの田んぼの上に繰り広げられたのだろうか〟と考えました。

私達の幾世代も前の先人達も、やはり小さな苗に想いをこめて植えていったのでしょう。その成長を見つめたたくさんの目があったのでしょう。農業技術や方法は変わったとしても、苗に託された農民の心はきっと同じだったのだと思います。

〝大きくなってくれ！　丈夫に育ってくれ！　雨や風に負けるな！　病気にも負けるな！〟そういったつぶやきが、私の耳に聞こえたような気がしました。

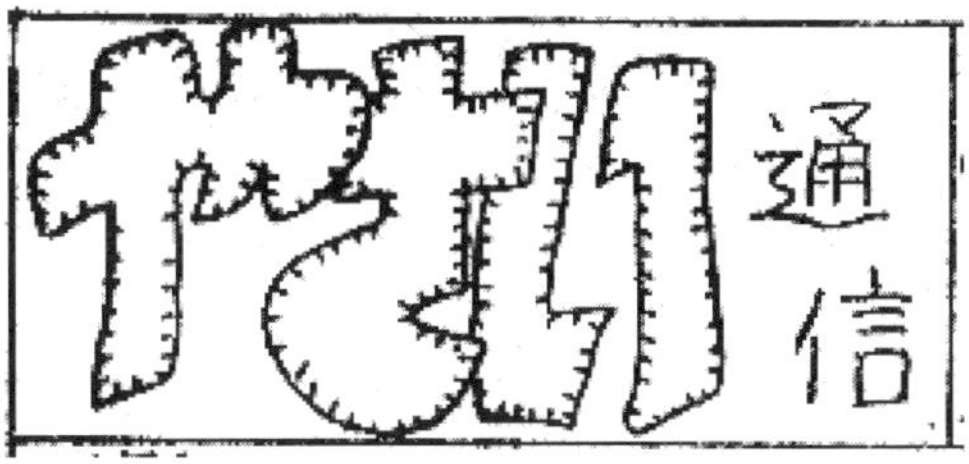

▼やさい通信　1986・4・24

小さな野菜達——

苗床にズラリと並んだ夏野菜の苗が、毎日毎日少しずつ大きくなっています。精いっぱい両手を広げて空に向かおうとしている姿を見るたびに、とても楽しい気持ちになります。

レタスはさえざえとした黄緑、トマトは濃い緑色をしていて白い産毛のようなものを付けています。カボチャは土から出た芽がもうドテンと大きくて苗床の中でも目を引く存在感です。苗達は、それぞれの色それぞれの形をしていて見ていて飽きません。

この小さな苗がやがて大きな実りをつけて、私達の命の源になってくれるのです。ちょうど子どもを育てていくように、手をかけ、時々は話しかけたりもして、育んでいく。野菜達は、期待に応えるように、しっかりと根をはり、すくっと立ち上がって、昨日よりの今日、今日よりも明日と伸びていきます。そのしっかりした姿を見ていると、本当に大したものだなあと思います。人の日々の心配事や悩みなど忘れなさい！　こうしてみんな等しく育つのだと、何か広～い気持ちになれるのです。

▼やさい通信　1987・6・11
本当に進んでいるのだろうか？――


おそらく第二次世界大戦の前頃まで、多くの家庭での食品の自給率はかなり高かったはずです。米、野菜、又その保存食等、家庭の中に食べ物への知恵がありました。

今はすっかり世の中分業化が進み、〝お金〟という便利な物がありますから、何もかも自分で作るなんて面倒臭いことはしなくなりました。私達が住むこのエリアでも、田んぼや畑のど真ん中に住んでいて、私と同世代の人達がまったく畑に出ないのだと聞くと「なんてもったいない」と思ってしまいます。

今年の春、ある親戚から「代掻《しろか》きを手伝ってくれ」と頼まれて、夫が半日行ってきました。その家には、夫より年の大きい息子さんがいるのですが、勤めに出ていて忙しく、そのうえ体調も良くなく、田んぼ仕事はできないとのこと。共稼ぎの奥さんも田んぼに入ったことはありません。田の仕事は、じいちゃん、ばあちゃんの仕事なのです。二人ができなくなったら、もう米の自給はできません。土地があるのに作らない。お金があるからかまわない。畑仕事は、陽に焼けて真っ黒になるし手は荒れるし、そんなことしなくたって十分食べていける。確かにそうです。

でも、私は多くの人の生活が、日本古来の文化と離れていくのがとても残念でなりません。誰もが土に触れることで自然を体感でき、共通の話題を持つことで縦、横のつながりも作りやすい。台風や日照り、冷害、そういう自然現象の中の人の存在の意味も共に感じあえます。収穫の喜び、感謝、食生活を支える米を獲得したことの豊かさ、そして次の年もまた実り多いことへの祈り……。

私からすれば良いことづくめの野良仕事を捨てて、賃金を得るために会社、工場の枠に組み込まれていくなんて「もったいない」と思うのです。農業人口が激減している現状ではこんな考えはごくごく少数派であること、十分認識しているのですが。

＊――＊――＊――＊

畑で草を取る。何時間も座り込んで作物を見ながら雑草を引き抜く。雑草と言われていても、青や紫や白い可愛い花をつけているのも多くて、ちょっと心を痛めながら草刈鎌をせわしく動かす。

風がそよぐ。雲が流れる。近所のおばあちゃんが通りがけに声をかけてくれる。私の上で、お日様がゆっくりと動き夕暮れを迎える。私の後ろには、本日取った草取りの成果が見える。人参やほうれん草がいきいきと並び、足腰の痛みに負けない満足感を私に与えてくれる。

ばあちゃんは草取りの仕事が大好きです。頭の中では、人形劇の台本、通信の原稿、あるいは今夜の晩御飯のおかずのことなど考えながら、そしてまたラジオに耳傾けて、せっせと働くのが好きです。

結婚前はわりとやせ形だったばあちゃんの体はどんどん逞《たくま》しく変化していきました。手はゴツゴツと節くれだっていき、肩の筋肉が発達し、独身の頃買ったスーツは着られなくなりました。そうそう背中が年と共に丸くなってしまい、時々ハッとして姿勢を正したりしていますよ。

「麦の会」の始まり

その頃の大河原家の経営について少し書きます。じいちゃんが、有機農業と同時に始めたことは理解あるお客様を探すことでした。じいちゃんは、養護学校や知人の紹介の家庭を訪ねて一軒一軒顧客を増やしていきました。ばあちゃんが大河原の一員になった頃は、毎週木曜日、収穫した野菜をワゴンカーに詰め、郡山市中心の二十五軒ほどのお客様に直接選んでいただくシステムでした。ただ残念ながら、選ばれなかった野菜を持ち帰ることもままあり、販売に朝から夜までかかってしまうなど、効率のいい販売方法とはいえませんでした。

一九八六年、「大河原さんがもう少し楽に販売できるように」と、ある顧客が「麦の会」の発足に尽力してくださいました。「麦の会」とは、大河原の農産物を買い取ってくれる消費者グループです。その季節、その時期の生産物の一軒当たりの種類、量、金額をこちらが決定し、「野菜パック」を作ります。パックには三種類あり、家族数や野菜を食べる割合によって、大・小・一三〇〇円均一の中から選択できました。大パックは野菜が多い時で二五〇〇円、小が一八〇〇円くらいでした。また、顧客に友人同士あるいはご近所同士のグループを作ってもらい、「ポスト」と呼んでいた代表の家に軒数分を配達し、他のメンバーは自分のパックをポストの家に取りに行くようにしていただきました。

これで「作れば売れる」ことになりましたし、配達に費やされる時間も半減しました。ちょうど優君のお母さんが生まれた年に、このシステムに変わり、ばあちゃん達はいっそう元気に野菜作りに取り組みました。

ただ、問題がなかったわけではありません。ナスやインゲン、キュウリなど夏野菜は毎日収穫できます。朝に夕に、無農薬、有機肥料のおいしい農産物が取れても、「麦の会」への納品は週に一度、馬のようにバクバク食べても大河原家だけでは消費できませんでした。

そこで、ばあちゃん達はいろいろ工夫しました。「夏休みの友」といって、八、九月のみの発送で私達とつながってくれる方（東京方面が多かった）を募集したり、三春町で毎週土曜日直売所を開いていた農村女性の会「大空会」のメンバーに加わり、夏野菜を中心に出品することにしたり、自宅前に「無人販売所」を建ててみたり、ロスなく販売して収益をあげるように努力しました。

その原動力となったのは、間違いなく五人の子ども達でした。

＊――＊――＊――＊

▼やさい通信　1990・7・12・19

てんてこまい——

辺りが暗闇に包まれる頃まで畑で働き、家に戻ると、夫にはもう一つ大仕事が待っています。それは双子ちゃんのお風呂！　約二年半ぶりの乳児の入浴には、かなり神経を使うらしく、ふにゃふにゃと首の座らない赤ちゃんを、押しいただくように抱いてゆっくりと湯船に入ると、赤ちゃんはかつての母胎の羊水の記憶が戻るのか、可愛い瞳をポッと開けて晴れ晴れとした良いお顔になります。まず一人、続いてもう一人。入浴タイムが済むと、夫はほうっとため息をつきます。

私もまた、昼間、四歳の風子と二歳の海の面倒の合間に、こころとひかりのおむつ取り替えと授乳が入り、四人が問題なく過ごす平和な時間に家事をやっつけて行く毎日に、夜はやや疲れ気味。そりゃあそうです。この子どもの構成を見れば、まさしくミニ託児所。

双子を母乳育児しようとすれば、まとまった睡眠時間は取れません。幸い一カ月検診の際、産婦人科の医師が「えっ！　ミルクを足してないの？」と目を剥《む》いたように、私は良質のホルスタイン。おっぱいは出るのですが、さてどうやって二人いっぺんに飲ませるか、それが問題です。

一人が「ほにゃあ」と泣いて抱き上げ飲ませていると、もう一人も「ほにゃあ」。前の子がようやく眠ると、待っていたもう一人を抱く、飲ませる、寝る。私も眠りを貪るしばしの時間の後、再び「ほにゃあ！」。

「二人いっぺんに飲ませて私も眠りたい！」というわけで、まず試みたのは、「腕立て授乳」。赤ちゃん二人を並べて寝かせ、私が上から腕立て伏せをし、乳首を赤ちゃんの口に合わせる。でもこれ、腕がプルプル震えてきて、ヘタすれば乳児の上にドテッと私の体が落ちかねません。駄目です。

次に試したのが、「夫サポート授乳」。私が一人を授乳させ、もう一人を夫が捧げ持ち私のもう一つの乳首にあてがう。難点は、授乳のたびに父親も起きなければいけないことと赤ちゃんズの授乳のタイミングが合うとも限らないこと。駄目です。

結局、替わりばんこの授乳に落ち着きましたが、そうなると母親は、ほとんど仮眠をちょこちょこ状態で、出るため息は「はあああーっ」と深い。可愛い双子ちゃんズがいるのだから我慢！と思っても、ちと辛いのです。どれくらい経てば、ゆっくり眠れるようになれるのかなあ。

ぼやく私に、親戚のおばちゃんがしてくれたアドバイスは、母親は母豚よろしくおっぱいを二つ剥き出しにして仰向けになり、子どもを一人ずつ腕に抱き横向きに乳首を吸わせる、満足に吸い終わると子どもはコロンと寝てしまう。母豚、もとい母親は寝たまま授乳させ、腕の痛みを感じたら子どもの下の腕をそうっと抜き取る。次の授乳タイムまで親も熟睡、めでたしめでたし！　この方法は、赤ちゃんが三カ月を過ぎ首が座ってからは大変有効でした。

＊――＊――＊――＊

＊――＊――＊――＊

▼やさい通信　1991・10・31

○月×日――

一人で四人の子どもを見ていた時、風子が突然窓の外を見て「ニワトリが（鶏小屋から）出てる！」と叫んだ。見ると鶏達がヒョコヒョコ散歩に出ている。どうやら夫の鍵の掛け方が甘かったらしい。「スワッ！　いち大事！」走り出そうとすると、お義母《かあ》さんの友人がいらした。このあたりでは来客には必ずお茶を出すのがエチケット。まして相手はお義母さんの親友。お茶よりコーヒーのほうが気が利いている。鶏達が気になるのはやまやまなれど、ここはやはり接客に努めるほうが良いと、コーヒーを入れて勧める。

双子の一人が、奥の部屋からバコバコ這い出してくる。続いてもう一人もバコバコ。お客様に到来物のカステラを出す。子猫がカステラを狙う。双子もカステラを狙う。争奪戦に敗れた一人が泣き出す。猫の頭をこずいたり子どもを宥《なだ》めたりしていると、もう一人来客がある。お義父《とう》さんに用事のお客様だ。用件を聞き、エチケットのお茶を出す。

奥の部屋では、風子と海の喧嘩の声。電話が鳴る。ちびちゃんの一人が土間に落っこちそうになる。もう一人が猫の首を絞めて猫もがく。白くなっていく私の脳内に鳴り響くのは、鶏と猫と子ども達の泣き声プラス帰ろうとしない来客達の朗らかな笑い声の狂騒曲。やれやれ。

×月○日――

夕食に野菜のカレー煮を作る。海はいつものように三膳ペロリと食べる。もっと食べたいと言って、父ちゃんに止められ、怒ってスプーンを投げ飛ばす。父ちゃんの声が大きくなる。海の泣き声も大きくなる。座布団の上に寝転がって嘆いていた海、ズボンのお尻のあたりが濡れている。どうやらオシッコをしてしまったらしい。

風邪気味の海、咳がコンコンと出て、その挙句食べた物まで出てしまう。ここまで来ると母ちゃんの出番だ。パンツとズボンを取り替え、口から出ちゃったものを片付けてやると、海君また元気が出て、古代ローマの貴族のごとく食べ始める。以前いわき市の友人からもらった赤米で作った雑炊を「うまいうまい！」とおかわりして食べる。うまさのあまりお尻からプップッとおならが出る。彼「エッヘッヘー」と笑う。やれやれ。

▼やさい通信　1991・5・9

数えきれない命の上に——

我が家にお客様がいらっしゃることが決まると、どんな料理でもてなすかを皆で決めるのですが、その時期何の材料があるかと同時に、相手が何を食べる人かを考えます。お肉を食べない人、魚も好まない人、何でも食べるけど化学合成された添加物を含まない食事に限る人、添加物にそうこだわらないという人……一口に「お客様」といってもさまざまです。

先日、農業をしている友人夫婦と「自分達で飼っていた動物はあまり食べたくない」というような話をしました。目の前で殺され、解体され、血が流れる現場を見てしまうともう食べられない、ましてそれが毎日世話をした動物ならなおさらというのが一般的な感じ方でしょうか。でも、生産の現場から遠ざかれば食べられるわけです。矛盾した話です。

人間が生きていくということは、生きている物の命を奪うことに他なりません。動物ばかりではなく野菜や穀物も、人間に食糧として提供されるためにあるわけではなく、本来その子孫を残し、命を全うするために日々生きているのでしょう。空に向かって伸びよう伸びようとする菜の花の芽を販売のためにブチブチ摘んで歩く時、「こんなものまで食べてしまう人間て罪なものだなあ」と思ったりもするのですが、そういう安易なヒューマニズムを持つ前に、数え切れない命の上に「私達の生」があるのだということをまず認めようと思います。そのうえで何をどう食べるか、生かされている私達の体と時間をどう使うかを考えていきたいのです。

子ども達にも繰り返し話そうと思っているのですが、はてさてどのくらい風子や海の胸に届いているのか……先日の畑での会話です。

風子が菜の花を何本か握りしめて走って来て一言。

「かあちゃんこれあげる！　かざってね」

続いて海も二〜三本手に駆けてきて一言。

「かあちゃん、これはい！　たべてね！　たべて黄色いうんこするんだよ！」

どうも息子の目にはすべて食べ物に映ってしまうようです。情操面でやや欠落する部分があるかなあ……。

▼やさい通信　1992・11・26

四つの小さな背中――

よく晴れた十一月二十三日の午後、子ども達四人を連れて家から少し離れた畑に出ました。青豆を引き抜き、四〜五本ずつ束にし、藁でまるって乾燥させるためにハセ（注…稲束を掛けて乾燥させるもの）にかけます。

豆畑の隣は、小学校建設のために提供した畑の代替地として今年もらった所。ヒエの枯葉が、ちびちゃん達の背丈ほどに伸びている砂地です。畑としては、当分使い物にならない瘠せ地ですが、子ども達の遊び場としては恰好なところです。

子ども達はさっそく長靴を脱ぎ捨て、歓声を上げて駆け回りました。トラックの荷台によじ登り逆さに落っこちたり、ヒエのベッドの上でごろごろ転がったり……。

子ども達のほっぺたはたちまち健康な朱に染まっていきます。誰かが機嫌を損ねないうちにと手を早めて豆をまるく私の耳に、子ども達の声が消えました。何をしているのだろうと目をやると、四人は小さな車座を作って砂遊びに夢中でした。畑の真ん中で、四人は寄り添うように背中を丸め、砂をかき集めてはぺったんぺったん叩いたり壊したりしている様子です。

その小さな固まりをしばらく見ていたら、胸の底から突き上げてくる感情があって、ちょっと戸惑ってしまいました。

「小さな背中、むきだしの足首、何やらヒソヒソとささやきあい笑いあう四つの影」を私はこれから繰り返しこの畑の上に見ることだろうと。

子ども達はもちろん成長していきます。現実の彼らはどんどん大人になり、親の想いからも畑からもそれぞれ離れていくはずです。

しかし、私の目に映ったあの小さな四つの背中は決して消えることなく、私のこれからの人生に幾度となく浮かび上がってくるのでしょう。草ぼうぼうのヒエの畑を振り返るたびに、秋の日の子ども達を一つの映像のように思い返すのだろうと、何か尊い宝物を手に入れた者のように私は幸福でした。

人生の幸福なんて、陽のあたる縁側とか、緑の葉の陰とかに、ほとんど気づかれないようにポッとあるものなのかもしれません。

▼やさい通信　1994・5・19

幸福な話――

さる四月二十七日のことです。

私の実家は、郡山市の東部、下行合《しもゆきあい》という所にあります。そこは、かなり急な坂道を上りつめたてっぺんに位置しています。実家の母は、家のすぐ南手に一反分（約三〇〇坪）ほどの畑を持っていて、毎日セッセと野菜作りに励んでいます。

去年の秋、畑の一部を借りて野菜を作らせてもらいました（郡山は船引より気温が高く、約半月作物が早く収穫できるのです）。翌日の配達のために、こころとひかりを連れて茎立菜を取りに行った時のことです。

その日はとても暖かい日で、夫と二人収穫を始めると、まるで待っていたかのように鶯の鳴き声。遠く名前も知らない野の鳥の鳴き声が重なり、さらに近く幼い二人の子ども達が〝郡山のばあちゃん〟と何やらおしゃべりに興じる声。側には、母が気ままに植えた花々が百花繚乱とばかりに咲き誇っています。その畑には、まるで神様からの特別な陽光が降り注いでいるかのような穏やかな時間でした。

子どもの頃、私は学校から帰るとすぐに仕事する母親のもとに飛んで行って、その日のことをあれこれと話したものです。いつも私の最も身近な存在として〝畑の中で汗を流す母〟がいたのです。私がすんなり「農業」に入って行けたのも、母から引き継いだ土に対する想いがあったからなのだと、その時気づいたのでした。

七十歳になる母が体に刻んできたもの……うっとりするほどの春の陽や、しのつく雨の冷たい感触、日照りの夏の雨を恋こがれる心、秋の夕暮れ時のせわしなさなど、たくさんのものを、私はおそらく母の年になるまで、受け継ぐことができるのだと思うと、心底嬉しかったのです。

青春と呼ばれる頃いろいろ迷ったり悩んだりしたようでも、結局この日の幸福な畑の情景にたどり着くようになっていたのかもしれません。

▼やさい通信　1996・5・15

母の日――

笑ってしまうのですが、思春期の頃目にすると不快感を覚えた光景の一つに、子どもをゾロゾロ連れ歩くおばさんの姿がありました。

信号待ちの横断歩道。背中に一人、右手に一人、左手にはいくつもの袋や手提げをぶら下げ、周りをピョンピョン飛び跳ねるもう一人の子どもをコワーイ顔して叱り付ける。白いものが少し混じった髪の毛に変な寝癖がついたまま、配色の悪い服を着て、セカセカと信号が青になるのを待っている。いかにも生活に疲れているようなおばさんの姿を横目で見て、同情こそすれ、まさか将来自分がまさにその〝おばさん〟になるとは夢ゆめ思いもしなかったのでした。

時々家族総出で出かけることがあります。

この頃、ハッとするほど大人の顔つきを見せるようになって内面の成長がうかがい知れる風子、体つきも行動もまったくのマイペースの海、胸の中には涙と一緒に思いやりの心があるこころ、明るさと激しさが入り混じっていて会話が面白いひかり、そして私の背中にホカホカと暖かい陽だまりのような楽がいるのです。ハタから見れば、この少子社会になんと子たくさん！　生活ダイジョウブ？　と御心配をかけてしまいそうな光景です。

でも、自分が子どもに取り囲まれているおばさんになってみて、私を豊かにしてくれているのは、紛れもなく子ども達なのだと実感しています。

五月十二日の母の日に、水玉模様のエプロンつけて風子が野菜を刻み、真っ赤なエプロンの海が味付けをしてカレーを作ってくれました。こころとひかりは、幼稚園で描いた私の絵をはにかみながら贈ってくれ、風子は学校で先生と一緒に作ったのだと手提げをプレゼントしてくれました。「オラもかあちゃんに手紙くらい書いたほうがいいかなあ?」と真顔で私に相談する海。そばでは楽が、尺取虫みたいにお尻を上げたり下げたりしています。

もし私が今でも独りならば、バッチリ決めたお洒落な生活を送っていたかも知れないし、例えば教師になって子どもが二人のファミリーならば、モデルハウスの住人みたいにスマートだったかもしれません。

でもいい。私は子ども五人がいい。母の日の暖かい空気の中にいて、心からそう思えたのでした。

▼やさい通信　2003・9・11

帰りたい・帰れない——

今時分、我が家の夕食タイムは七時半から八時頃が多く、片付けをして二階の居間に入ると猛烈な眠気に襲われることがあり、そういう時は自然に逆らわず寝てしまいます。一眠りして正気になれば、事務の仕事をしたり、エスペラント語通信講座のテキストを広げたりするのですが、その夜は眠りに強引に割り込んでくる楽の悲しそうな泣き声にハッとして飛び起きました。

階下に降りてみると囲炉裏を囲んで、泣いている楽と難しい顔をしている父さんとひかり。どうやら楽がこの頃宿題を翌朝に残すことが原因のようです。確かに二年生になってから、「○○をしてからやる……」とか「もうやっちゃったもん」とか言って、朝の愚図りをまねいています。天真爛漫な楽の心に、ほんの少しだけ影ができてきたのでしょうか？

「ボクはあさってこの家を出る。明日（家出の）用意をしてあさって家出するぅ！」と泣き叫んでいます。しゃくりあげている楽をようよう宥め、二階に連れてきて寝かそうとしました。でも、楽の悲しみは止まりません。以下、布団の中の楽と私の会話です。

楽「みんなボクのこと嫌いなんだ。一〇〇パーセント嫌いなんだ。母さんも九〇パーセントボクを嫌いだ」

私「そんなことないよ。らっくんのこと大好きだよ」

楽「どっかよその国に行く」

私「どうやって？」

楽「飛行機に乗って」

私「らっくん、今いくら持ってんの？」

楽「四〇〇〇円」

私「空港にはどうやって行くの？　行くのにお金かかるよ」

楽「歩いてく」

私「行く間、ごはん食べないとね。コンビでおにぎり買ったりしたらお金なくなって飛行機に乗れないじゃん」

楽「そしたら泳いでく」

私「太平洋？」

楽「うん、アメリカに行く」

私「大変だよ、一カ月かかってもアメリカ着けないよ」

楽「ウワーン！（大泣き）家出する！　だって母さん家出するって言っても止めてくれなかったもん。やっぱり母さんボクを嫌いなんだああああ……」

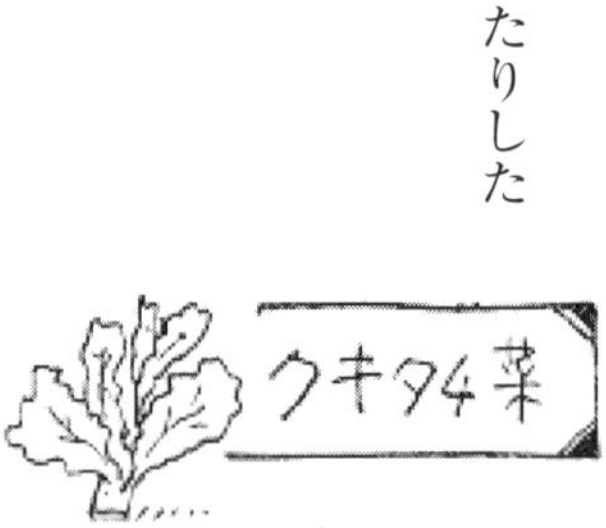

この話を後日実家の母にしたところ、「お前も家出の常習犯だったなあ」と笑われてしまいました。そういえば家族の誰かと喧嘩する度に、ランドセルに身の回りのものを詰めこんで、畑の隅に家出するのがしょっちゅうだったのです。帰りたいけど、誰かが呼びに来るまで帰れない切なさが甦り、くすぐったくなりました。

楽は今のところ、家出を実行していませんが、もしランドセルに荷物を詰め始めたら、涙ながらに止めようと決めています。

＊――＊――＊――＊

子育てに費やされる時間を、かつて私は「掠《かす》め取られる時間」と表現したことがあります。汚れた服をきれいにする、ガチャガチャの部屋を整理する、いろいろ工夫して作った料理はあっという間に空になる。毎日がその繰り返し。マイナスをゼロにする作業が多く、感謝されること少なく、生産性も建設性も微小で満足感乏しいものと思ったことがままありました。

だから当時の私は、顔の前面で笑顔を作り、総じて子育てを楽しんでいたものの、子ども達に見えない裏側で小さなため息をついていました。その陰の部分を感受性の強い子ども達が見逃さなかった。これから、言わば私の子育ての辛い部分を書きます。

「学校に行けない」

風子は、三、四歳の頃から絵を描くのが大好きな子どもでした。何時間でも紙に向かっていると満足するような女の子で、主に家族を描くその絵はとても良く特徴を捉えていました。小さいながら、好きな世界の中で何時間でも遊べる子どもだったのです。

その風子が、小学校の一年生の冬頃から学校に行けなくなりました。朝、ランドセルと着替えを持って二階の寝室から降りては来るものの、「頭が痛い」「気持ちが悪い」と登校をぐずり、朝ご飯は食べられず、大人四人のうちの誰かが「いいから、今日は休め」とその日の判決を下すまで、家の中には暗鬱たる空気が流れました。休めることが決定すると、風子の表情はたちまち明るくなり、ご飯もちゃんと食べられたのです。　その頃のばあちゃんの日記の抜粋をここに書いておきます。

＊―――＊―――＊―――＊

▼1992年1月14日（風子6歳11カ月）

十時すぎ、風子を連れて学校に行き、宿題、手紙を届ける。風子は、家から前の道に出ることができず、全身で抵抗し、家に戻ってきてしまう。私にホッペタをひっぱたかれ、私も風子も泣き、ようやくなだめて行けるところまで行こうともう一度出る。校門近くで生徒の姿が見え出すと、もう風子の足は動かない。仕方なく風子は門の石の所にうずくまり、私だけ教室に向かい、先生に持って行ったものを渡す。D君が「ふーちゃんを迎えに行ってくる」と言って駆け出す。先生と二人で見ていると、風子はD君に連れられて昇降口に入ってくる。先生に抱きとめられる風子。

何人かの子どもたちが周りを取り囲む。いつも元気なA君もクシュンとしている。「風ちゃんは何も悪いことしていないんだからね。みんな風ちゃんを待ってるよ。」と、先生が言ってくれる。また、涙がこぼれる。風子はもう帰りたいと言う。みんなにバイバイをして校庭に出る。

「さっきはごめんね」と私。うなずく風子。

「まだ痛い？」と私。首を横に振る風子。

「いい友達だね」と私が言ったその時、風子は私に抱きついてわーっと泣いた。

その時初めて、私は、風子は心の病気なのだと理解した。

＊――＊――＊――＊

ばあちゃん達は、それぞれ仕事をしながらよく携帯ラジオを聴いていました。番組の中に子どもについての教育相談のコーナーがあり、登校を渋る子どもに無理強いをしてはいけないと、教育者は説いていました。私達は当時の校長先生と相談し、「風子ちゃんは、まだ社会性が未熟なんでしょう．ゆっくり行きましょう」という言葉をいただきました。私達大人四人の中に、やや安堵感が流れたのは言うまでもありません。

「怠学」っ？

状況が変わったのは、娘が二年生になった五月の頃でした。ある日、風子の担任の先生から、「相談したいことがあります」と連絡をいただき、私が放課後の教室に向かいました。若々しく使命感に溢《あふ》れた先生から聞いた言葉は次のようなものでした。

「お母さん、お宅の風子ちゃんは、運動会やバス旅行には参加を希望するのに、教室で学習するのは嫌だと言います。これは怠学ですよね」。ばあちゃんは、小学校の先生になる勉強をしたのに、「怠学」という言葉の意味が呑み込めず、ましてその厳しい言葉が自分の子どもに向けられているのだということを、とっさには理解できませんでした。

「そうか。私の娘は、勉強嫌いの怠け者だと思われているのか」。返す言葉をなくしている私に、先生はさらに続けました。

「私だけの見解ではありません。同僚教師みんなそう感じています。お母さん、なんとしても風子ちゃんを学校に連れて来てください。学校に来てくれれば、私達教師がなんとかします」

その日から風子にとって地獄のような日が続きました。六助じいちゃんや里美ばあちゃんからは「学校に行けば○○を買ってやる、××に連れて行く」という脅しに近い飴が与えられ、私からは厳しい言葉や時には暴力が加えられ、わずか七歳の魂は行き所のない苦しさに窒息しそうだったのです。登校を促すために迎えに来た担任の先生、何とか玄関まで引きずり出そうと躍起になる私、畳の縁に爪を立て、その爪が紫色になるほど抵抗する風子。想像してみてください。「愛情」のひとかけらも感じられない惨《むご》い場面です。

「(行きたくなければ行かなくていい) なぜ学校に行けないのか、本当の理由を教えて?」の質問が当時の私達にはできなかった。上っ面の言葉だけでは何の解決も図れない。口で不登校を認めるようなことを言っても、「おまえ、学校に行けよ!」と目が語れば子どもは見抜きます。

当時の私を支配していたのは、娘が他の子ども達と同じように登校しないことを恥じる言わば世間体、このまま大きくなって娘はちゃんと社会人になれるのだろうかという不安、「子どもをちゃんと教育するのは親の役目だろう」という目に見えない周囲からの圧力、「嫁」という立場で戦えなかった弱さです。こうして言葉に置いてみると何てバカな親だったのだろうと恥じ入るばかりです。

そう、ばあちゃんはね、大切な大切な我が子を守ってあげられなかったんです。

学校に行けなかった理由

優君、あなたのお母さんには何一つ悪い所はありませんでした。

思うに風子は、学校が嫌いだったわけではなく、できることならスタートラインに戻って最初からやり直したかったのかもしれない。母親への想いの強さから、あるいはもっと違うキッカケから登校につまずき、そうしているうちにも、時間がどんどん流れ、「学校に行けない自分」という事実だけが浮き彫りになり、周囲の大人が嘆き、「私の罪」は深まり……。取り返しはいくらでもできたのに、誰も俯瞰《ふかん》の目を持たず、今だけ、自分だけの概念で、風子の手を足を結局縛っていったのです。

風子は、ただ母親にもっと甘えたかったのだと思います。当時のクラスに若干の問題があったことも確かでしたが、四人のきょうだいの中で長女の彼女が我慢する状況が多すぎたことが、一番の不登校の理由だったと思います。風子が小学校四年生の時、知り合うことになった児童精神科の医師にカウンセリングと心理テストをお願いした際の診断結果は、「母親とのコミュニケーション不足」とありました。

「もっと頭を撫でて、もっと抱っこして、もっと話を聞いてよ！」。子どもなら誰でも持つ欲求が果たされず、「かあちゃんは私のことなんてどうでもいいのかな?」という不安と不満が、彼女の中で石になり、心と体を重くしたのです。「いいんだよ。学校には行きたい時に行けばいい。かあちゃんと一緒にいようね」。そう言って欲しいその母親から「学校に行け！」と責められるのですから、どれだけ辛かったことか。「自分は、大人四人を悩ませている悪い子だ」と、わずか七、八歳の子が、人生を終わりにしたいと思い詰めるほど苦しんでいたのです。ばあちゃんにとって、悔やんでも悔やんでも、悔やみきれない数年間です。その頃の「やさい通信」をここに載せます。

＊――＊――＊――＊

▼やさい通信　1993・12・16（風子7歳10カ月）

風子の年――

『たまこちゃんのがっこうぎらい』という小さな絵本があります。娘の風子が、自分をたまごにみたてて書いたものです。「学校に行けない気持ちを絵に描いてみたら」と言ったところ、風子は喜び勇んで十ページの本にしたのです。

元気に学校に行っていたたまこちゃんが、ある日学校に行けなくなってしまいます。「ひきずっても、ひっぱっても、行こうとしません」と描いてある四ページには、怖い顔でしかりつける母親たまごが、涙をいっぱいこぼしている子どもたまごを学校につれていこうとしている絵が描いてあります。

はじめてその絵を見たとき、私は娘の心の傷をまざまざと見せつけられたような思いがしました。「学校に行きたくない」と全身で抵抗する娘を、土蔵に閉じ込めたこともあります。「いやだー！」と絶叫する娘の声を聞く私には、「こうすることが親の務めなのだ、学校に行かないような子どもは制裁を加えられても仕方ないのだ」という気持ちが大きかった。「颪子を土蔵に閉じ込めたところで、何の解決にもならない」ということはわかっていたし、「将来金属バットでなぐられても仕方ない」と、自分の誤りを冷静に考えている私もいたのに、そういった理性と遠く離れて、娘を暗い土蔵から出そうとしなかった、強く恐ろしく冷たい感情が私にはあったのです。

その後、多くの人に教えられて、私達大人は娘に対していろいろ意見することをやめ、娘は今とても安定した気持ちで毎日を過ごしているようです。三歳半の妹達とおままごとをしたり、好きな絵を描いて日がな一日暮らす娘は、同級生と比べると情けなく見えたりもします。しかし、娘にとって今はまだ巣ごもりの時期なのでしょう。未熟な羽のまま、巣立ちをして大颪にあおられ、目には見えないけどたくさんの傷を受けて巣に戻ってきた颪子も、いずれたくましく羽を広げ、私達から巣立っていくはずです。

一九九三年は、私にとってまさに「風子の年」でした。冷夏も凶作も大きな出来事でした。日本の経済的な破綻、米の輸入自由化と社会的不安も強いものがありますが、しかし、まったくの個人レベルで言えば、私には風子とのかかわりが何より強く、激しいものでした。学んだことも大きかったと思います。麦の会の皆さんからも、たくさんの力や知恵をいただきました。本当にありがとうございました。

＊――＊――＊――＊

育ち方は一つでない

風子は小学校四年生から、郡山市の、今でいうフリースクールに通うことで元気を取り戻すことができました。そこの学校の先生方が、我が家の有機野菜のお客様だったこともあり、風子は小さな鞄に教科書とお弁当を入れ、船引の駅までは家人に送ってもらい、そこから磐越東線とバスを乗り継いで通いました。多少熱があっても「行きたい！」と言うほどフリースクールは楽しかったのです。心配していた学習の遅れもなくなり、ばあちゃん達は風子の変化に目を見張り、「育ち方は一つではない」ことを学びました。

中学校は地元に戻りたいと本人が希望し、入って一カ月は教室で過ごしたのですが、「どうしても親しい友達ができない」と家にこもることが多くなりました。ばあちゃん達はもう登校を無理強いする親ではなくなっていましたので、風子は一番下の弟の面倒を見たり、食事の準備をしてくれ、「家が自分の居場所である」ことを確認できたように、表情も会話も安定していました。そこにやってきたのが「心の相談室」の素敵な先生で、風子を上手に学校に導いてくれ、密度の濃い個人授業を受けることになりました。高校への進学も、風子の入学に合わせるように設立された昼間の定時制高校へとスムーズな展開でした。その高校で風子は、自分と同じような苦しみを持って育った友達を知り、もう自分の過去に引け目を感じることもなく、のびのびと呼吸ができたのだと思います。

優君。

ばあちゃんは一体何を心配していたのでしょう？　方程式が解けなくても、パソコン操作ができれば、大抵の仕事はこなせます。英語が理解できなくても、コミュニケーションを図るツールは、たくさん開発されています。お勉強は必要ないということではありません。自分の望みへの到達のための準備と努力は大切です。でも、最も重要なのは、本人がいきいきと生きることです。風子は、絵を描いていたかった。小さいときから、人物を素晴らしいイラストにしました。実際あなたのお母さんは、二十代に似顔絵を描く仕事をしていたのですからね。振り返って見ればわかることが、その当時はわからなかった。私のような過ちを犯してほしくなくて、ばあちゃんはいまこんな文章を書いているのですよ。

風子は成長するにしたがい、石化していた感情を砕いて解かして徐々に私に伝えてくれたし、私はそれを受け止め何度も何度も許しを乞いました。だから、ばあちゃんと優君のお母さんはいまとても仲良しで、ばあちゃんは、しみじみ嬉しく思っています。

誰も信じられない

次に、次女のこころについて書きます。

風子のことで、私達はさまざまに学習したはずなのに、さらに厳しい数年間がありました。中学校で信頼していた友人に突然無視されたことから始まり、他の人とは少し違った趣味を笑われたりしたことどもが、刃になって、感受性の強い次女の精神の内部に突き刺さりました。こころは、約三十日登校できませんでしたが、双子の妹のひかりに促されたこともあり、長期の不登校にはなりませんでした。進学を決めた高校はそれぞれ違っていても、どちらも推薦枠で入学を決め、私たちは、こころが受けた傷はさほど深くなかったのだと考えました。

高校に入学して五カ月ほどは大きな問題は起きませんでした。こころが入った高校は緑の豊かな高台にあり、父親も兄もそこの卒業生であり、何か親しみやすさがあるような、まったく根拠の薄い私達の感情を一蹴するような言葉を、九月、娘から聞くことになります。

「母さん、私カウンセリングを受けたい。私は少しおかしい」。娘の深刻な表情に事態の深刻さを感じ、精神科を受診させました。「どんなに心を許しあったようでも、人は必ず私を裏切る」と他者を信じることが恐ろしく、自分の嗜好は他の人達と違うと言い、孤立し、心の安定を失い、精神安定剤や睡眠導入剤を服用するようになりました。

入ることを禁止されていた彼女の部屋に、やむにやまれず押し入った時の衝撃が忘れられません。そこは、黒と白の無彩色の空間で、床には無数の血痕の跡。「リストカット」という言葉もその時初めて知りました。自分の腕に鋭利な刃物を当てる。流れる血液が彼女を落ち着かせるなんて、そんな行為をほぼ毎日していたなんて、そうしなければ生きていられないだなんて、私には到底受け入れられない世界でした。

「なんでそんなことするのよ！」の問いに、返ってきた答えは「他人を傷つけられないからだよ。自分を傷つけるしかないじゃないか！」

家族がテレビを見たりおしゃべりをする茶の間のすぐ隣室には、深い深い死の淵が、さも永遠の安息を約束するかのように口を開けていて、こころは一人静かに覗き込み、ほとんど引きずり込まれそうになっていたのです。毎日そばにいたはずなのに、私は、一体何を見、何を聞いていたのだろう。

自ら選んだ避難所とは

十六歳の十一月も終わる頃、彼女が自ら選んだ避難所は精神科病院でした。病室の入り口には、掌ほどの南京錠が掛けられ、十六歳の我が子は私達の生活空間から隔絶された場所に行ってしまいました。慌ただしい毎日のなか、極力時間を作って面会に行きましたが、面会室の窓には鉄格子が嵌《は》められ、外は冷たい雪。「死」への衝動を抑えるために、神経を麻痺させる強い薬が投与され、その副作用で様子が激変していくこころの、そして私の精神が底の底まで落ちて行くようなあの情景を私は忘れることができません。

四度入退院を繰り返し、その間も、こころには、自分も周囲の人間も傷だらけになるような破壊的な時間が流れました。薬を一度にたくさん飲んでしまう、高速道路の高架橋のフェンスを乗り越えようとする、自分の中に吹き荒れる嵐に、身も心ももまれもまれて、どこにぶつけたらいいのかわからない怒りに、叫ぶ、壊す、泣く、そして疲れ果てる。

小学生の頃の彼女は、活発で溌剌《はつらつ》としたクラスのリーダー格でした。その一方、とても思いやりのある娘で、言葉の端々に詩があらわれるような子どもでもありました。親が想像していた以上に彼女の人格は他人によって潰され、修復できないほどズタズタになっていたのです。二十歳までの約三年間、彼女の心の傷から噴き出す血液が止まることはありませんでした。その頃、ばあちゃんが書いた「やさい通信」の一部を載せます。

＊――＊――＊――＊

▼やさい通信　2006・12・21（こころ16歳7カ月）

命――

別の高校に進んだこころとひかりのこの半年間は、まったく対照的でした。ひかりは、大好きな英語の勉強ができるとあって、おおむね順調に高校生活を送っています。かぼちゃ小屋でお泊まり会をするような友達も何人かでき、来年は語学力を高めるために留学したいと頑張っています。根性のある子ですし、きっと自分の夢を実現するだろうと思います。精いっぱいバックアップしたいと考えています。

こころのことは、この通信に書こうかどうしようか迷っていたのですが、正直に書こうと思います。夏の終わり頃から「うつ症状」が出始め、十月末から学校に行けず、現在療養中です。十月頃は、自室に入ってしまうと、こころが中で何をしているのか、大変心配でした。「入ってこないで！」と言われると、親であっても戸を

開けることはできませんでした。折から子どもの自殺が相次ぎ、畑にいても、人形劇に出かけていても、胸の中にこころについての不安があり気持ちが晴れませんでした。

うつの原因は、たくさんあって簡単に解決できるようなものではないようです。ただ、「現在、娘が生きていること」が救いです．何度か、娘は死の淵に座り込み、足を踏み入れそうになった時が、確かにあったのでしょう。服一枚、指一本をつなぎ止めて、私達は娘を死なせないで済んだのかも知れません。

もっと時間が流れて、いまを振り返った時に、親ではない別の要素が娘を生かせていたのだとわかるのかも知れません。一寸先の世界も見ることのできない私達にとって、できるのは、娘に対して「大好きだよ。お前を大切に思っているよ」と言い続けることです。この二カ月ほどは、娘の一挙一動に右往左往する、まったく情けない母親でしたが、いまは何か太い精神で「娘を必ず元気にする」と思えるようになりました。

——————*———*

ばあちゃんは、カウンセリングの勉強をし、生涯彼女を支える覚悟もし、かつての面持ちから遠ざかっていく娘を何とか回復させたいと、やれることを必死に探しました。そしてわかったことは、意見や説教を振りかざすのではなく、バランスを崩している彼女の現実を丸ごと受け入れることが、回復への最短で最良の方法なのだということでした。

「そうか、辛かったね、母さん、あんたの気持ちをわかってあげられなくてごめんね」。そう言い続けることです。子どもは、子どもであっても一人の人間です。ヒトとしての存在が始まった時から、すべての機能を未発達ながら内包している人間です。喜びも、怒りも、悲しみも、百の感情を有しているのです。親は、娘の気持ちに沿い続け、湧き上がる言葉、感情を受け取ること。それが、荒れ狂ったような時間の中で掴《つか》み取った、たった一つの解決策でした。

音楽の力

優君。

こころを救ったのは音楽の力でした。県立高校をやめ、こころは私立の高校に入りなおします。その高校は、何かと問題を抱えてしまっている子ども達を受け入れている所でした。軽音楽部に入った娘は、ベースを担当し、指使いがうまいと褒められ、「そういえば、前の高校で入っていた合唱部の先生に、深みのある声だと言われた」のを思い出します。

歌を作る、歌を歌うことの中に、彼女は自己表現の術を見出します。
私の大好きな彼女の歌、「オレガナムの花」（オレガナム・シソ科の植物。花言葉はあなたの痛みを除きたい）の歌詞はこんなふうです。

＊――＊――＊――＊

「オレガナムの花」

私の傷口の中に芽生えたオレガナムの花
今日も知らない街の　知らない人の足が飛ぶ
「想像してごらん」とその人の目が私にいう
「想像できません」と私の口が先に笑う

何も聞こえないように両耳を塞いで
自分の鼓動の音を
「生きている」確かにいま　ここで
たくさんの生命を踏み潰して生きている

「想像してごらん」とその人の目が私にいう
「想像できません」と私の口が先に笑う

何もできないからこの無駄な生命を
武器を持つ少年にあげたい
静寂の夜　月が何かを赦《ゆる》す
母胎の記憶が辿るよう
唄を奏でる口も　血を送る心臓も
すべて止まり夜に溶ける
私と少年は混ざり合い
そして世界は消えていく、消えていく

＊――＊――＊――＊

音楽に救いの道を見出した後も、こころの精神のゆれ戻しは何年にもわたりました。特に、彼女を苦しめたフラッシュバックは、病院の六人部屋の情景だったようです。長く入院したままの老女、意味のないつぶやき、真夜中のうめき声、独特のにおい、私はそこに入ることを許されなかったから想像するしかないのですが、さまざまな点で耐性を持たない十代の柔らかい感性の持ち主には、相当厳しい日々だったのだと思います。

求愛

何故　彼女の精神も、肉体もあれほど荒らぶることになってしまったのか。

それはね、優君。

周囲の人間への、形を変えた求愛だったのだと、私は思っています。その頃こころはよくこんなことを言っていました。

「姉ちゃんは絵がうまい。兄貴は頭がいい。ひかちゃんは英語が上手で成績もいい。私には何もない。私はいないほうがいい。みんなそう思ってる」

母親である私は、何度も何度も彼女の言葉を打ち消し、「こころは優しい。詩のセンスは誰よりもある。頭だっていい。ただあんたは、他人と競うのが嫌だと言って、あんまり勉強しなかったから、成績が思ったほど伸びないだけでしょう。歌を作るのも、唄うのも上手だよ。いっぱい良いとこあるんだよ」。そんなふうに言い続けたはずだけど、ほとんどこころに響くことはありませんでした。何を言われても信じられない。汲んでも汲んでも零《こぼ》れ落ちるように、空疎な言葉。

優君。

こころおばちゃんは、きっとわかっていたんだと思う。私達の浅はかな理解、生半可な救済、嘘くさい愛情。求めながら否定し、手を差し出しながら、私を、夫を責める。もうどうしたらいいのかわからなかったんだと思います。

「わかって欲しい、愛して欲しい、私の心を抱いて欲しい。私は苦しい。苦しい。苦しい」。最も激しい形で、こころは訴えていたのです。そうせざるを得なかったくらい、彼女は追い込まれていたのだと思います。ある現象には、そこに至るまでの理由があります。子どもが五人いるなかで、日々の暮らしの慌ただしい営みのなかで、彼女の声は消されていたのです。それがわかるまでに、何年もかかってしまった。私自身が、彼女の行為に翻弄され、自分を失い、自暴自棄になり、「もうどうでもいい。なるようになれ！」と、すべてを投げ出す寸前までいったことを、認めるしかありません。

何が、彼女を、そして私を救ったのでしょう。もう一押し、負の力があったなら、こころと私のいまの存在はなかったのです。紙一重の、それはまったく人間の所業と離れた何かの采配によるのかもしれない。「もう少し生きて、ジタバタしろ！」と。

傷口は強くなる

こころは、二〇一一年、あの東日本大震災と原発事故が起きた翌月、東京に移りました。以前から東京で音楽の勉強をする希望があったし、放射能の影の中で生活することが、彼女には厳しかったからです。でも大都会で自活する辛さがたちまち彼女を取り囲み、こころは姉の風子や、私たちによく電話をくれました。三十分、一時間と話すうちに泣き始めることもままあり、私はただうなずきながら、娘の気持ちが落ち着くまで、聞き続けました。どんな仕事をしていても、どんなに忙しい時でも、こころの電話は、当時私には特別なものでした。娘から伸びてくる思いを一〇〇パーセントの体勢で受け止めることが、私にできるたった一つのことだったからです。

言葉として表現できるのは、救いなのです。「なあんだ、そうだったのか。私はここでつまずいていたのか」とわかることがよくあります。彼女からの電話は、娘自身が少しずつ精神の傷を修復していく過程でとても大切だったのです。繰り返し、繰り返し、「自分の心の重さ」を発することで、逆に彼女の傷口は強くなっていったのだと思います。

東京でいくつかの歌が生まれ、お芝居に出たり、絵を描いたり……。泥の中から生まれた美しい蓮の花が咲くように、迷いながら、人波に揉まれながら、彼女は彼女ならではの成果を手にしていきました。うまくいくことばかりではなかったと思いますが、失敗して恥をかくことも、人を強くするものです。

こころはいま広島で、「先々こんな暮らしをしたい」と想い描く夢の実現に向かって、一歩ずつ、いえ半歩ずつかもしれないけれど、歩いているのは確かなことです。年齢や立場の違いはあっても、同じいまを一緒に生きる仲間として、お互い励まし合える関係になりつつあることを、ばあちゃんは涙が出るほど嬉しく思っています。

漆黒の時間の先の「陽の光」

人は誰でも、生きていく過程のなかで、自分の存在価値を疑うことがあります。「私が居なくても世界は何の変化もなく回る。苦しいなら人生を終わりにすればいい」。ばあちゃんもそう考えたこと、一度ならずありましたよ。確かに、私達の多くは小さな存在です。世界を動かしているわけではありません。道を作る石の一粒が、あるいは流れの中の一滴の水が、ある日ふっと消えても、大きな影響を及ぼすことはありません。

ただ六十数年生きてみた者の実感としてあるのは、死に引き寄せられるのはわずか数分、数時間。その漆黒の時間を乗り越えれば、また陽は昇り、自分が見えるようになります。私を必要としてくれる人、私が好きな人、残していけない人、やるべき仕事や勉強が見えてくる。そうして、おなかが空いてくる。「何か食べたいなあ」、そう思えたらもう大丈夫。生きていくことは、なかなかしんどいものです。でも、言えることは、一度舞台から降りたらもう二度と「陽の光」を浴びることはできないということです。

「みっともなくてもいい、笑われてもいい、むしろ笑ってもらえればいい。自分の姿や振る舞いで、周囲の人が楽しめるなら、こんな嬉しいことはない」

ばあちゃんは、目の前の人の笑顔、笑う声に救われて、今日まで生きてきたのです。

ひかりのこと

海、ひかり、楽、それぞれもまた、孤独で自分を頼りなく感じた日はあったのです。特にひかりは、双子であるこころが精神を患ったことからくる痛み、辛さは大きかったはずです。二人はお腹の中からの相棒であると同時にライバルでした。こころの病の理由の一つに、ひかりとの軋轢《あつれき》、葛藤があったのは、否めない事実です。「私が家にいると、ここちゃんの具合が悪くなる。私はいない方がいい」。アメリカへの留学には、語学習得の陰でこんな切ない事情があったのです。

高校生で留学した時は、まったく伝手のない状態で、すべての情報を自分で集め、手続きを進め、両親はほぼ双子の姉にかかりきりの状態で頼りにならず、そんななか己れの信じるところに向かって真っすぐに進んだ彼女の、強さとそうせざるを得なかった悲しみがいまはありありと見えるのです。

日本の田舎のやや閉鎖的な環境のなか、意に染まらない進学をするよりも、自分にはアメリカの大学が合うと判断した彼女は、これまたどの大学かの選択も自分でし、トータル四年半をアメリカのキャンパスで過ごしました。私たち親の範疇《はんちゅう》を軽く超えて行動するひかりを頼もしく眩《まぶ》しく感じています。

海の場合

長男の海の場合、小さい時からお茶目で、お客様大好き人間。コロコロ太り、姿はめんこいけれど、私はその体重の増加が心配でした。小学校六年まで年に一度不整脈の検査をしなければならず、「このまま食べ続けたら、健康が維持できない」、本当に幸せそうにお替わりする息子のそばで、実ははらはらし続ける母親でした。

変化は、中学校三年生の時。間食・夜食を潔くやめ、炭水化物を制限し、よく噛み、高校一年の終わりごろには約三〇キロの減量に成功していました。その意志の強さはたいしたもので、ばあちゃん達が大福などほおばりながら、どんなに勧めてもその頃海は食べようとはしませんでした。

その意志の強さは、大学の受験勉強、沖縄での学生生活、そして原発事故後の福島での農民として辿ってきたここ数年の中に汲み取れます。「福島」という、言わばやむを得ずハンディキャップを持たされた土地で彼が今後、どのように楽しい人生を構築するのか、期待を持ってばあちゃんは見ていきます。

楽について

ばあちゃんが四一歳の時に迎えた楽は、ばあちゃんにとって子どもと孫の中間みたいな位置づけでした。家族みんなに愛され、友達に恵まれ、ほとんど問題なく高校時代までを過ごした彼にとって、浪人生活は初めての試練だったと思います。しかも親に経済力がなく、自宅浪人を選んだ楽が、翌年見事志望大学の入学を決めた時の喜びに勝るものはありませんでした。

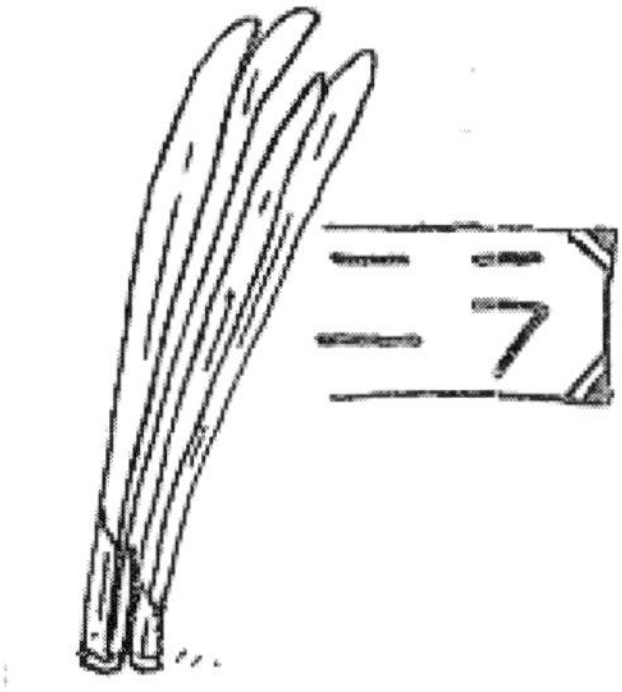

その後、私達夫婦は、この一年に楽の中で親へのザラザラとした感情が染みついてしまったことを実感させられました。始めたばかりの直売所の運営に右往左往する毎日で、「しっかりしている」と親が勝手に思い込んでしまった楽のケアがほとんどできず、里美ばあちゃんに負うところ大きく、厳しく息子から批判されました。「大

好きな楽」からの叱責は、いまもばあちゃんの胸に突き刺さり、チクチクと棘《とげ》になっています。ばあちゃんは、親としてここでも失敗したのです。

子育ては失敗続きだった

ばあちゃん達は、いまの時代に五人も子どもを育てたことをよく評価していただきます。けれど失敗続きで、精いっぱいやったつもりでも、ポロポロと取りこぼしている。残された人生で、それぞれの子ども達に詫びを乞うことになります。

ただね、優君。

ばあちゃんは、子ども達に随分と育てられたと思うのです。子ども達は、私にたくさんの喜びと同時に貴重な学びを与えてくれましたし、仮に私がいま成人としていっぱしのことを言えるようになったとしたら、それはすべて彼らのおかげです。社会や政治についても、子どもの存在は、私を強く深く考え行動するように導いてくれました。いっちょまえの大人になるためには、五人育てる必要があったんだと思います。

「私の子どもになってくれて、本当にありがとう」

風子、海、こころ、ひかり、楽　それぞれ素晴らしい資質を持った若者達に、尊敬と感謝の気持ちを持っていることをここに記しておきます。

さて、そんなふうに過ぎつつある私の子育ての中で生まれた小さなお話を、おまけとして二つ書いておきますね。

————*——*

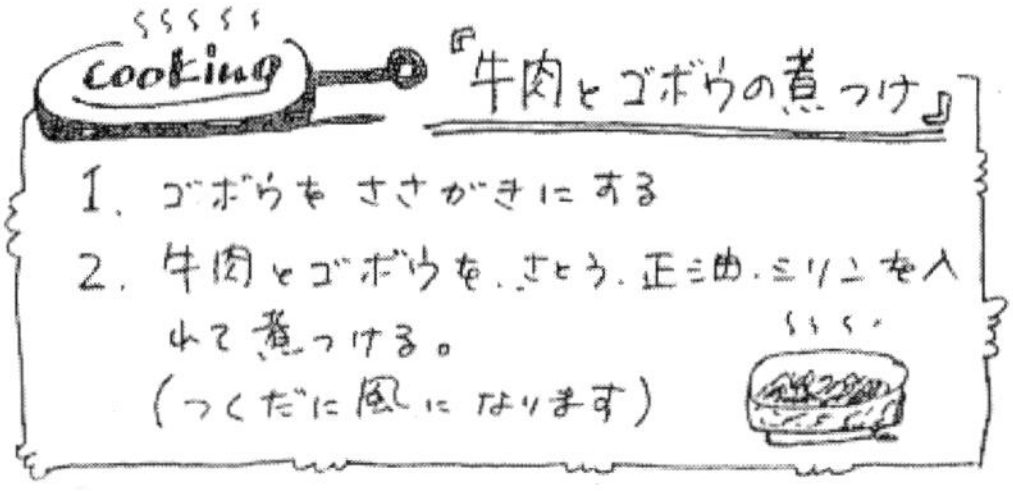
Cooking
『牛肉とゴボウの煮つけ』
1. ゴボウを ささがきにする
2. 牛肉とゴボウを、さとう、正油、ミリンを入れて煮つける。
(つくだに風になります)

▼やさい通信　1988・7・7

ふうちゃんチョウチョ——

ふうちゃんのおうちで、キャベツがいっぱいとれました。ふうちゃんはキャベツが大好き。

日曜日は、キャベツをチョンチョンきざんで、お塩をパラリとかけて食べました。

月曜日は、油でいためて食べました。

次の日は、おひたしにして食べました。

その次の日は、ミルクでスープにして食べました。

そのまた次の日は、カレー味。

金曜日はウサギのうさちゃんが遊びに来たので、にんじんとキャベツのサラダにして食べました。うさちゃんは大喜び。

土曜日は、キャベツのオムレツ！　いいでしょ！

毎日キャベツを一個ずつ食べていたので、ふうちゃんの体は、すっかりみどり色になっちゃいました。

ある朝、目がさめたら、ふうちゃんは小さな青虫になっていました。キャベツの葉の上で、「まあ、困っちゃったわ」と、のびたりちぢんだりしていたら、まわりの子ども達が、「わーい、ふうちゃん、青虫になっちゃった！　キャベツばっかり食べてたからだよ」と笑いました。

その次の日、青虫のふうちゃんが目をさましたら、こんどは小さなさなぎになっていました。周りの大人達も、「ふうちゃん、さなぎになっちゃったんだって！　キャベツばっかり食べてたからね」とうわさしました。

ふうちゃんは、かなしくなって涙をぽろんと流しました。

でも泣かないで、ふうちゃん！

次の日、目覚めると、ふうちゃんの体は、虹色の羽をつけたかわいいチョウチョになっていました。ふうちゃんは、朝露の輝く、キャベツの葉の上で、おもいきり羽を伸ばし、空高く舞い上がりましたとさ。おしまい。

▼やさい通信　1994・7・14

つぶっこツブ太と青い帽子――

ピチャピチャズポッ、ピチャピチャズポッというおかしな音が近づいてきたのは、その日二度目だった。一度目は、ヒトの騒々しい話し声が少し離れたところから聞こえてきた。でも、まもなく田んぼは静けさをとりもどし、ガンゴ山のカラスも遠出に出たのか、カーッとも鳴かない。

お日様がギラギラ光ってる。ぬくとい田んぼの水の中で、つぶのツブ太は、ばあちゃんやかあちゃんとウトウト昼寝をしていた。

すると、またあの音が近づいてきた。ピチャピチャズポッ、ピチャピチャズポッ。ヒトだ。今度は一人らしい。

大年寄りのケサじいちゃんが言っていた。「ヒトはおそろしいもんだ」って。「ヒトっつうもんは、ケモノでもサカナでもなんでも食っちまう。わしらつぶ族も大量に虐殺されることがある。わしの大切なマドンナのタマミさんもヒトに取られていなくなってしまったんじゃ……。」そう言ってケサじいちゃんは、ハラハラと涙を流した。

そのおそろしいヒトが、ツブ太のほうに近づいてくる。ツブ太はばあちゃんの顔を見た。かあちゃんの側にソロッとすり寄った。ばあちゃんもかあちゃんも身じろぎもしない。

近づいてくるヒトは女らしい。青い帽子をかぶって、田んぼに四つん這いになったまま、黙々と手を動かし、草を引き抜いている。引いては足でグイッと泥の中に沈めている。一体俺たちはどうなるんだろう？

その時ヒトの頭から帽子がポロッと落ちた。細い目にペチャッとした鼻。色浅黒く日焼けしたそのヒトの顔は、それほどの悪人づらには見えなかった。

「あれぇ～！」とそのヒトは声を上げた。間の抜けた声だった。ニガ笑いしながら、泥んこになった帽子を拾い、アゼにポンと投げると、また四つん這いになって手をグルグルまわし始めた。身じろぎせずにいるツブ太達のそばを、ピチャピチャズポッが通りぬけていった。

ぬくとい田んぼの水がユラユラゆれたけど、ツブ太達はとらわれて食われちまうこともなかった。ツブ太は、その女のヒトの青いもんぺがゆっくりと遠ざかっていくのをながめながら、「ケサじいちゃんはああ言ってたけど、そう悪くないヒトもいるのかなあ」とつぶやいた。

夏の陽はまだまだ高く、ツブ太のまわりにはまたのんびりとした午後の空気が戻ってきた。（ツブ＝タニシ）（七月十二日の午後、夏の陽射しのなか、一人で田の草取

りをしていて、それはそれはたくさんのタニシがいるのを見て、こんなお話ができました）

＊――＊――＊――＊

優君に捧げるこの本の前半の最後に、震災前の私の心持ちを表す次の通信を書くことにします。

＊――＊――＊――＊

▼やさい通信　2010・6・24

無心――

六月十日、野菜配達の日、私は早起きをして春菊を収穫しに行きました。春菊のような柔らかい葉物は、気温が上がる前に取らなければ萎えてしまうのです。

軽トラックからコンテナを下して畑に入り、ふっと見上げた山々の美しさ！しばし茫然としてしまいました。毎日眺めている家の南側の黒石山とその連なりなのですが、まるで一枚の水墨画。靄《もや》が、朝寝を楽しむように山の麓にゆったりとたゆたって、そこに陽の光があたり始めると、靄の一粒一粒が揺れてキラキラ光っているように見えたのです。空と区切られた暗い山の稜線は、時と共に明度を増す夏の光で緑色を次第に取り戻し、空は空で陽気なブルーへと変化していきます。春菊を折る手をたびたび止めて魅入ってしまうほどでした。

六月十六日、今度はキャベツを収穫するために、「竹やぶ」と呼んでいる畑の側に軽トラックを止めた時のことです。

風がやや強く吹いていた昼前、車から降りた途端、まるで雪のように白いものがハラハラと落ちてくる光景に出くわしたのです。「えっ？　一体何が降ってるの？」と、口をアングリ開けてよく見れば、雪のひとひらはニセアカシアの花びらだったのです。かすかに甘い香りもします。そう、その畑の上方には大きなニセアカシアの木が数本あり、折からの風に誘われて一斉に花びらが舞い降りてきたのです。キャベツの上につもる花びらは、まさしく雪の日の情景で、私はなんとも不思議な世界に迷い込んだ気分で、これまたしばし立ち尽くしてしまいました。本当に美しいものを見せてもらいました。

さて、この日からおよそ一週間後の今日二十二日、私はかぼちゃ小屋の前の花壇で、小さな発見をしました。

玄関のたたきの上に飾ってある鉢植えのパンジーが、小さな実をつけているのを見つけたのは二週間ほど前のことでしょうか。柿の実をちょっと細長くして、一・五センチメートルほどに縮小したような種の袋が三つ四つとあったのですが、その袋が三方向に開き、中にけし粒程の種がびっしりと並んでいるのを確認したのです。こんなふうに種ができて自然にこぼれ落ちるのを見るのは初めてで、いじらしく愛おしく感じました。

季節の移ろいや草花の営みを見るにつけ、人の複雑さを考えてしまいます。めまぐるしく変わる人の感情。人は「水袋」だと、むかし体操の先生に教わったことがあります。薄皮一枚の水袋の中にさまざまな体液が入っていて、骨や臓器が浮いているのだと。プカプカ揺れる水袋には百の感情があって、一瞬にしてその色合いが変わったりする。心安らかな時間より、嬉しくないことどもを数え上げて嘆く時が多いように思います。さまざまな渦を抱えているからこそ、生きることが面白いのだともいえますが、山や空や花々と向き合っていると、「無心」という言葉が浮かびます。誰も憎まず、何を悲しむこともなく、ただそこに在る。「いいなあ」としみじみ考えてしまいます。一輪の花に劣る人の心の未熟さを、我が身も含めて思うこの頃です。

＊――＊――＊――＊

第二章　福島原発事故が奪ったもの

三月十一日のこと

優君。

君は二〇一一年三月十一日に何が起きたかを知っていますか？　午後二時四十六分、北海道から関東まで広い範囲で大地が激しく揺れ、所によっては三〇メートルを超す津波で多くの人が命を落としました。さらに、ばあちゃんや当時あなたのお母さんが住んでいた福島県には、この国で、いえ世界でも最も過酷な原発の事故という試練が待っていました。まず、その日にいたるまでの、原発を巡る背景について書きます。

一九八六年、優君のお母さんが生まれた年です。今のウクライナ、当時のソビエト連邦にあったチェルノブイリ原発で、世界が経験したことのない事故が起きました。広島に落とされた原子力爆弾をはるかに超えた放射能が、北半球を何周も回って各国を汚染しました。八〇〇〇キロメートル離れた日本にも影響し、母親の母乳から放射能が検出されたというニュースは、風子を生んで二カ月後だった私には大変ショッキングなものでした。

ばあちゃん達は、たとえ農薬や化学肥料を使わないで農産物を育てていても、一度原発事故が起きれば生活のすべてを失うことを知り、反原発運動に入りました。署名活動、講演会の企画・運営、デモへの参加と、幼い子どもを抱えながらでしたが、やれることはいろいろとやってきたつもりです。

また、ばあちゃん達は、チェルノブイリ原発事故の四年後に「R－DAN」を手に入れていました。当時、原発に反対する人々で全国的なネットワークを作り、原発周辺の空間線量に異常が出た時の情報拡散と避難の模擬訓練もしていたのです。「R－DAN」の上には「この検知器の不用になる日を目指して！」と記されてあります。

けれど、事故は起きました。

ここからは、読んできっと暗い気持ちになると思われる部分が続きますが、確かに起きたその事実の中に、優君、あなたのお母さんもいたことをイメージして読んでいただきたいのです。

アラームがけたたましく鳴って

まず、二〇一一年三月十五日に起きたことを書かなければなりません。

十一日の午後二時四十六分、マグニチュード九・〇というとてつもない大地震が東日本を揺さぶり、ばあちゃんたちのエリアは震度6弱とされました。その日はちょうど、楽の中学校の卒業式が午前中に行われ、楽と友達数人は離れのカボチャ小屋に集まって、久びさ、ゲームやおしゃべりに興じていました。高校受験からも、卒業式の緊張からも解放された時間は、かつて経験したことのない大地のうなりにかき消されたのです。

私は、その夜ささやかながら、家族で末っ子の卒業祝いをしようと、船引町の町中まで買い物に出た帰りの車中で被災しました。路肩に止めた車は、ボートのように激しく揺れ、這い出るように道の脇の畑に避難したものの、地鳴りは止まず、腹の底から恐怖が沸き上がりました。多分四分か五分は揺れが続き、ようやくよろよろと車を走らせ、家に向かえば道路のここもあそこも壊れていて、ただならぬ状況に入ってしまったことが目から理解できました。

築百四十年の自宅は、激しい揺れにも耐えてくれ、縁側のサッシが一枚庭先に粉々に砕け、家の中では土壁が落ち、花瓶が転がり水が畳を濡らしてはいたものの、里見ばあちゃんや楽にはけがもなく、カボチャ小屋の子どもたちもみな無事でほっとしました。すぐにそれぞれの家に帰るように言い、遠い子は車で送っていきました。

優君。

その午後、空が突然暗くなり、風が吹き荒れ、雪が激しく降り始め、途中の道路には、道のそばのお墓の一部が転げ落ち、「世界の終わりか」と多くの人が考えたほど、周囲の風景が激変したのです。思えば、確かにその日を境に、故郷福島は破壊されることになりました。

福島県浜通りの福島原発には、六基の原発があり、第一基、第三基が次々と吹き飛びました。地方テレビが捉えていた爆発の瞬間の映像が流れた時から、ばあちゃんの心臓の動悸が止まらず、体から力が抜け落ちていきました。空気にも、水にも、山も海も、私達の周りすべてが、放射能によって汚染される……。

どうしたらいいんだろう？　子ども達を守るために何をすればいい？

原発事故の際の避難には、風の方向が大きく左右することをばあちゃん達は学習していました。原発の風下を逃れて、直角の方向に逃げなければなりません。準備はしたものの、牛や鶏のことも考えてすぐさま避難とはなりませんでした。ばあちゃんは、とにかく「R－DAN」の数値を見続けたのです。

でも、意に反して十一日も十二、十三、十四日も数値は平常でした。その数値を信頼してもいいのか？　という疑問がありましたが、家族で相談した結果、「とにかく落ち着こう」という意見でした。家の周囲ではいち早く避難する家族もあり、その対応を巡って「逃げた」という言葉が使われるなど、ガサガサと気持ちの摩擦が生まれたのは事実です。

そして、第二基が爆発した十五日の午後二時過ぎ。恐れていたことが起きました。「R－DAN」のアラームが突然けたたましく鳴りだし、ランプが絶え間なく点滅し、数値は一気に平常の約三〇倍まで駆け上りました。

「あああああ！　放射能が来た！」

ばあちゃん達六人（里美ばあちゃん、風子、こころ、楽と私達夫婦）は準備しておいた食料、寝具と共に車に乗り込み、連絡してあった郡山市西部の友人宅に避難しました。風下とか直角とかの言葉は吹っ飛び、原発から少しでも遠くに逃れようとしました。車の中の、気圧が百倍にもなったかのような息苦しさを私達は忘れません。

おいて来た牛や鶏、連絡できない友人、知人はどうなるんだろう？　あの家に私達は帰れるんだろうか？　こころは、マスクを二重につけて「私達の誰もかれもが、血を吐いて間もなく死ぬのだ」と涙をこぼし、風子は足の悪い母親を抱えて簡単に避難できない友人を思って泣いていました。

「なぜこうなる前に避難しようとしなかったのか？　子どもたちが被爆したじゃないか」

愚図愚図していたことを苛《さいな》む気持ちが、ばあちゃんの頭の中を暗く重くしました。その段階で、福島県内で強制避難・自主避難合わせ、自宅を離れていた人々は二十万人を超えていたと思います。道路には自衛隊の車列、空には絶え間なくバラバラというヘリコプターの音、ガソリンスタンドにガソリンはなく、スーパーマーケットから食料は消え、誰もが不安でどの眼も殺気立ち、突如戦地にガラリ投げ込まれたような福島になってしまいました。

気が付いたらそこにあった

優君、ここで確認しておきたいことがあります。

ばあちゃん達は、原子力発電を自ら誘致も、容認もしていません。ばあちゃんが中学生だった頃、私達には何の関わりもないままに「できていた」のです。福島県の浜通りの一部の自治体、県、国、電力会社が進めたことです。第二次世界大戦の終わりに広島、長崎に落とされた原子力爆弾と同じ「核」エネルギーで電気を作る危険性に、当初から反対していた方々はたくさんいらっしゃいました。でもね、国の政策として原発は作られ、見渡せば日本はグルリ五十六基もの原発に囲まれている国になっていたのです。原子力発電は「夢のエネルギー」だと言われ、立地町村や原発労働者に大きな恩恵があったのは事実です。基幹産業を持たない、つまり安定した収入がない、貧しいとされた海沿いの静かな町が狙われ、お金がジャブジャブ落とされ、立派なしかしながらあまり必要のない建物が建てられ、一見豊かになったような錯覚の中で、地元の人々は何を得て、何を失ったのでしょう。確かに原発による収入で、家が快適に直されたり子どもや孫が進学できたり、もう父ちゃんが出稼ぎに行く必要がなくなり、家庭に笑いをもたらしたような事実はあったのでしょう。

しかしその陰で膨大な数の被曝労働者が生まれ、重篤な病気を発症し、人生を棒に振ったり、中には命をなくした方々もいます。あるいは、思いがけないお金を前に心が揺らぎ始め、家庭が崩壊したということもあったと想像されます。原発で長く働き白血病で亡くなった息子さんのために裁判を起こして闘い、電力会社に罪を認めさせた例や、モノ言えぬ空気の中で「原発反対！」を言い続けた人々も確かにいたのですが、巨大な原子力産業の前に多くの住民はひれ伏し、黙して語らず、変わりゆく故郷の中で翻弄《ほんろう》されてきたのだと思います。

故郷を、仕事を、日常を喪失する

「五重に防護されている安全性一〇〇パーセントの原発」に寄りかかってきた人々が、二〇一一年三月十一日から、次々と爆発した原発によって、故郷を、仕事を、日常を喪失することになったショックはどれだけ大きかったたか。地元の皆さんの多くは、十一日当日、あるいは翌日バスに乗せられ、「数日中には家に帰れる」のだと、ごくごくわずかな身の回りの品を抱えて慌ただしく家を後にしたのです。

ばあちゃん達の知り合いで、当時富岡町の老人施設のスタッフとして働いていた方の経験です。「原発で事故が起きました。早急に避難しなさい！」町からの情報は流れたものの、いくら待ってもバスが来ない。ようやく来てくれたバスが一台。入所老人とスタッフ約七〇名が定員四〇名のバスに乗る。老人のかなりの方は、寝たきりだった人。体が完全に硬直しているのにバスに横に寝かせることもできず、無理矢理立たせるようにして移動させた人も多かった。バスは西に向かって走ったけれど、受け入れてくれる自治体がない。どこに行っても「すでに避難の方々でいっぱいです」と断られ、ようやく郡山市西部、熱海町の公共施設に落ち着くまでに十時間以上かかり、その間お年寄りは必要な薬、点滴の処置がなく、どんどん弱り、かなりの方がその後命を落としたということです。

地震や津波で二万人近い方が亡くなりましたが、原発事故のためにもっと生きられたはずの人達がたくさん亡くなり、「災害関連死」と呼ばれました。須賀川市で有機農業をなさっていた方が、先の人生に絶望し自死なさいました（この方のことは、その後映画になりました）。浪江町で牛を飼っていた方は、ご家族を避難させた後でやはり自ら命を絶ちました。牛小屋に書いてあった文字は「原発事故さえなかったら」。なんともやりきれない出来事が次々と起きた福島でした。

放射能との闘い

ここから始まった「核汚染」の実態。ベクレル、マイクロシーベルト、セシウム、ストロンチューム、プルトニュームといった、今まで触れたことのない言葉が、体を、心を支配する世界に変わったのです。見えず、聞こえず、においもしない、取り囲まれた途端にビリビリ感じるわけでもなく、空気や食物に含まれて静かに人間の体を蝕《むしば》んでいく放射能との闘いが始まったのです。

さらにね、優君、ばあちゃん達が歯ぎしりしたのは、さまざまな問題を内包しつつ生まれた福島県産の電気を享受してきたのは、福島県民ではないということです。電気は長い長い送電線によって関東に送られていました。アジアでも有数の大都市・東京！　ハイクオリティなライフスタイルを謳歌できる街東京！　きらびやかな不夜城を支えてきたのは、海沿いに燃やされていた核エネルギーをはじめ、水力発電、火力発電等々、遠く離れた地方で産出されたものだったのです。なぜそんな効率の悪いエネルギー供給をしたのでしょうね？　原発の危険性を熟知していた政治家や企業が、万が一事故が起きても犠牲者が少なくて済む場所を選んだということですね。

利益を得たのは我々ではなく、被害を受けたのは私達。原発立地を受け入れたフクシマは今後ずっと影響を受けても自己責任。事故直後「福島の人間は、重い十字架を背負って生きるしかないのだ」というネット上の書き込みを見た時の衝撃と憤り。優君、どう感じますか？

決定したのは子ども達

事故後のばあちゃん達の生活に戻りますね。

私達は二度の自主避難の後、田村市船引町の我が家に残り、以来離れたことはありませせん。家畜や家屋敷を置いてよそに行くことは考えられないと言う夫と里美ばあちゃん、できるなら子どもを連れて新潟県佐渡市へ避難したいと計画した私との間に、感情的な波が立ったことは、今となれば忘れていいことなのだけれど、やはり書いておきます。決定権を持ったのは三人の子ども達でした。

「(里美)ばあちゃんや友達が残っているのに、自分だけが避難できない。ここにいたい！」

そう言われたら、私にはもう何も言うことができませんでした。一番若い楽も、当時十五歳。意志は尊重しなければなりません。母親の力で首に縄を付けて佐渡まで引きずっていくことはできませんでした。

家に残る選択はしたけれど、当時作付制限、農産物の出荷制限がかかり、農業の先行きは皆目見えない暗闇の中。「ここで今までと同じ生活を続けるのは不可能じゃないか?」。地震による被害はさほどなかったけれど、自分達の足元は放射能によって次第に崩れていき、私達はいずれ蟻地獄に飲み込まれていくのかもしれない……そんな恐怖がばあちゃんにはありました。

「農耕可能?」

グリーンピースの方々が我が家に来ることになったいきさつを書いておきます。保原町《ほばら》でログハウスに住み自給の野菜を作ったり鶏を飼っていた友人から、三月末に連絡が入ったのです。彼女は国際的なこの環境保護団体のサポーターで、「農産物の検査対象として協力して欲しい」と連絡を受けたのですが、「それなら専業で農業をしている大河原さんがいいだろう」と紹介してくれたのです。私達はもちろん申し出を受けました。

四月七日、ヨーロッパから三人(年に数回チェルノブイリで調査をしている人達でした)、東京のスタッフが一人、車から降りてきた姿は完全防護服でした。ごく普段着のばあちゃんが畑に案内し、彼らは二重に嵌《は》めた使い捨て手袋でホウレンソウと小松菜を採取しました。ばあちゃんはその様子をつぶさに見て、「間違いなくフクシマはチェルノブイリになってしまったのだ」とその時初めて自分たちの置かれた状況を実感しました。

その時撮ってもらった写真のばあちゃんの顔！　光を失った目は空を彷徨《さまよ》うように虚ろで、途方に暮れる農婦そのものでした。ただ、この経験がその後のグリーンピースとの長く太いお付き合いの始まりとなったのですから、人生の不思議を感じます。そして、この時の「福島市や郡山市の汚染はかなり高く子ども達が心配ですが、大河原さんの農地のレベルはさほどではないと思われます。たぶん、農耕可能です」とおっしゃってくださった言葉が、ばあちゃん達のその後を支えました。国よりも県よりもグリーンピースは信頼できると思いましたし、正しい判断だったことが後に証明されたのです。

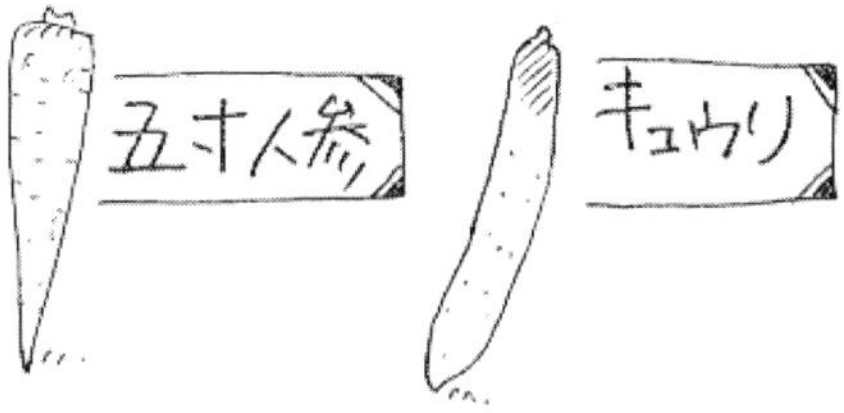

ただ、しばらく希望が持てない時間が続きました。

ばあちゃん達は、キャベツ、小松菜、ホウレンソウなどいわゆるアブラナ科の野菜をすべて引き抜き、畑の隅に山積みし、ブルーシートで覆いました。そうすることが国からの指示だったのです（アブラナ科の野菜は、特に放射能を吸収しやすい）。

二〇一一年五月に、田村市が測定した我が家周辺の汚染レベルの数字を示しておきます。畑が三七九ベクレル、田んぼは五八ベクレルでした。福島原発から、直線で三九キロメートルの地点にしては、確かに低い数字なのです。間にそびえる大滝根山が約千メートルの高さを持ち、三月十五日の福島第二原発から噴き出た放射能の雲をブロックしたのが、低い要因でした。山陰の小野町や大越町は、通常の〇・〇四から〇・〇五マイクロシーベルトのおよそ二倍ほどの数値で、その事実は事故後一カ月もたてば、地元の人間はほとんど知っていたのです。

でも、フクシマはフクシマ。汚染された世界となりました。まだら模様に汚染は高かったり、低かったり。飯舘村や浪江町のように厳しい現実を抱えることになってしまった農民と私たちの間の違いは、まったくの偶然によってもたらされたもの。野菜のベクレル数が低いからと喜ぶこともできませんでした。だってフクシマはフクシマ。いつも年のように夏野菜の苗を育て畑に定植しても、心が晴れることはありませんでした。

「麦の会」の解散

結局ばあちゃん達は、二〇一一年七月に約二十五年間続いた「麦の会」を解散することにしました。一番の理由は、トマトから一二ベクレルのセシウムが検出されたことでした。県内でいち早く開所した福島市の市民放射能測定所に、ジャガイモ、タマネギ、トマトを刻んで持参したのは、七月二日のことでした。結果はジャガイモ、タマネギが不検出、移行係数が低いとされるトマトから上のような結果が出てしまいました。測定所のスタッフの方は、「問題になるような数字ではありません」と言ってくださったのですが、落胆は大きかったのです。

いろいろ考えた末、「麦の会」の皆さんに「緊急のおしらせ」を出すことにしました。我が家の経済を支え、親戚のようなお付き合いをさせていただいていた方々との決別になる可能性もあったのですが、やはり正直に伝えようと思いました。野菜から放射性核種を取り除くことはできないし、低いレベルだから安全と言い切ることもできません。品質の良い野菜をと、こだわって食べていた皆さんに、不安要素を持った農産物をお届けするのはこちらの良心が痛みます。迷いに迷った挙句の選択でした。

その後一カ月ほどの間に、ばあちゃん達はお客様の三分の二を失いました。「大河原さん、ごめんなさい。どうしても、セシウム入りの野菜は食べられない」。そう言われたら、涙を呑むしかありません。子を持つ親としてその気持ちは痛いほどわかるからです。かつてチェルノブイリ事故の後、ヨーロッパの被災した農民の救済のために、あえてチーズやパスタを買って食べようとはしなかったし、不安を伴う食材を子どものために避けるのは自然なことです。

しかし、私達は確かに汚染されたただ中にいるとはいえ農民です。農民で生きる以上、農産物を買っていただかないと生活ができません。

潔く解散をしたものの、その時から、放射能で汚れた沼で必死に手足をかき回し、なんとか浮かび上がろうともがく日々が始まったのです。

六十歳になっても七十を過ぎても、可能な限り出し続けたいと願っていた「やさい通信」なのに、一三八三号で終了。無念でした。

＊――＊――＊――＊

▼やさい通信　最終号　2011・7・28

じいちゃんの言葉――

「食と農を考える麦の会」は、一九八六年九月七日に設立総会が開かれました。それは、チェルノブイリ事故があったあの年です。そして、福島第一原発事故の今年、「麦の会」解散となりました。何か因縁めいたものを感じます。あの当時、年齢は三十歳、有機農業を始めて五年、結婚して一年半、長女・風子が生まれて半年、いろんなことのスタート地点だったような気がします。あれから二十五年、大勢の皆さん（のべにすると百人以上）に支えられて今日まで続けることができました。ありがとうございました。

私は生来楽天的な方なので、今回の解散も新たな展開のためには必要なことなのだ、と思っています。本当は、六十歳までのあと五年間で準備をして、次なるステージへと思っていましたが、幾分早まってしまいました。このところちょっと腰が重くなりかけていたので、これを機にまた動き回ってみようと思います。いま福島県内の農民は、大海に放り出された小舟のように、次から次と大波をかぶっています。しかし、ただただ流されるのではなく、しっかりと目標地点を決めて必死に櫓《ろ》をこいでみようと思っています。

なんとも呆気ない終わり方になってしまいましたが、皆さん本当に長い間ありがとうございました。

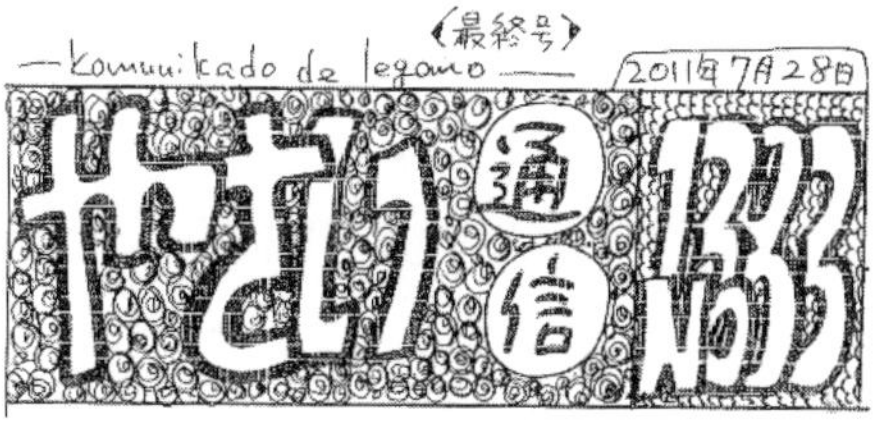

ばあちゃんの言葉――

三月十一日の巨大地震は、さまざまなものを奪っていきました。家も畑も家族も失われることがなかった私達は当初こそ混乱しましたが、でも、被害は微々たるものだと思いました。何もかも失くした方々がたくさんいたのですから。

けれど、二カ月が経ち、三カ月が過ぎる頃から、私達の足元もグラグラと揺れ、壊されてきているのだと実感しました。「ベクレル値」この土地で野菜を作り、売ることは犯罪なのか……。毎日毎日そのことばかり考えました。検査してNDとか0（ゼロ）とか出ても本当にそうなのか？　と疑いました。

けれど、赤く熟したトマトはやっぱり美味しい。ナスも玉ねぎも甘くてやわらかい。私達農民を裏切らず育ち、実をつけて私達に提供してくれる野菜たちを信じたい。いまそう思っています。そうしてさらに私に大きな感動を与えてくださった「麦の会」の方々に心から感謝しております。「私達家族にとって赤いトマトさんの野菜は、とても大切なものです」と書いてくださったお手紙を支えにこれからも農民を続けます。私達大河原はいま大きな転換期のただなかにいて、さまざまな混乱、戸惑いとこれから向き合わなくてはいけないはずです。

このところいろんなことに意欲が湧かず体がカタカタと力なく動いているような日が続いていたのです。でも友人から放射能測定器を我が家に導入してみないかという話が持ち上がり、「これも大きな流れの一つなのか。流れに乗ってみると案外心も楽かもしれない」と思い始めています。

「麦の会」の皆様、長い間私達の生活を支えてくださり心から感謝しております。皆様の心とお体のご健康を願っております。

本当にありがとうございました。

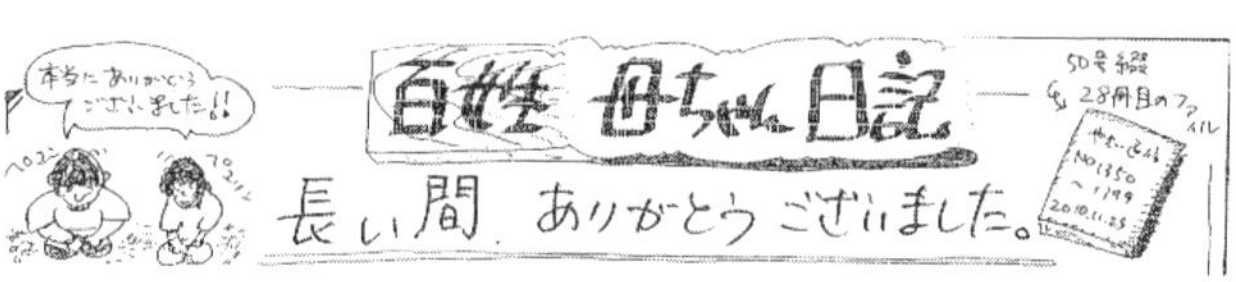

＊――＊――＊――＊

ばあちゃんは打ちのめされた

優君。

ばあちゃんが、事故直後最も苦しく感じたことが何か、想像できますか？

それはね、私自身、原発に反対し事故の不安を口にしながら、心のどこかで「きっと大事故は起きない」と信じていたことなのです。

チェルノブイリは、科学的に未熟な国が起こした事故、私達の国があれほどひどい事故を起こすはずがないと、バカなことを考えていたのです。本当に愚かですね。日本でも小さな事故は過去に何度となく起きてきたし、福島原発の内部で部品がガラガラと壊れ大事故の一歩手前までいったこともありました。でも、「ギリギリの線で私達は守られるんじゃないのか」、そんな根拠のないものに私はすがりついていた。国や電力会社が言う宣伝文句に毒されていたのはこの私じゃないか、情けない！　何故もっと、もっと、もっと反対運動をしなかったんだ？　たとえこんな田舎のおばさんがしゃかりきになって「原発反対！」を叫び続けていたとしても、状況は何ら変わることはなく、地震も津波も事故も止めることはできなかった。でも、私は、子どもが五人いることや、どんどん農業が忙しくなっていったことや、原発についての学習会が専門的になってついて行けなくなったことや、何やかやと言い訳をたくさん並べて反対運動から遠ざかったじゃないか。体力の限り、時間の限りを尽くして運動を続けてきた人達がいっぱいいたのに、お前は逃げたじゃないか。

その事実が、ばあちゃんを打ちのめしたのです。国に対しても電力会社に対しても、悔しい思いはありました。でも、一番苦しさを感じたのは、自分の甘い認識、弱い意志を認めざるを得ないことで、ばあちゃんは自分を恥ずかしく思いました。だから、なおさら命がある限り今度はもうやめない、どこまでできるかわからないけれど、原発のない空を目指して私の闘いを続ける、そう決心したのです。

故郷の山、故郷の川、原発事故で汚されていわれのない差別を受けても、ひっそりとそこに在る。畑の土も田んぼの水も、野に咲く花も、放射能に汚染されてもいじらしくそっと佇んでいる。

「捨てられない。愛おしい私の故郷。大切な仕事。被爆した野菜と言われても甘く愛らしいトマト」。そう思いました。

福島を事故前の姿に戻すのではなく、さらに発展した世界が展開できるように最大限の努力をする。放射能の影響に細心の注意を払い、二〇世紀の人間の一人として原発を作ってしまった責任をいつも持ち続けようと思います。肩に力を入れることなく、歌いながら、笑いながら、私達はここで生きる。そう決心したのです。

思い描く故郷

ばあちゃんのイメージの故郷は、こんなところです。

家の屋根屋根には太陽光発電が光り、風力発電の羽がゆっくりゆっくり回る丘に続く段々畑には、季節の花が咲きそろい、畑にはたわわに実るトマトやキュウリ。あちこちのベンチにくつろぐお年寄り、コテージ風の住まいの中庭ではみんなで集まって石釜にパンを仕込むところ。あっちの家では今夜は手打ちそばらしい。自給の農産物を持ち寄って、お金をかけない、でも豊かな食事。歌の上手は歌を歌い、踊りの上手は踊りを踊る。騒音が消えた空間では、小さなロウソクの明かりが温かく、虫の鳴き声が耳元に優しい。

二〇一一年三月十一日のあの日から、私達は変わった。人生の本当の価値がどこにあるのか考え続け、行き着くのは、いつか辿った狂乱文化の社会ではなく、他人にも、自分にも、自然にも優しい、負荷をかけない世界。そんな福島を描いています。

現実

たしかに、ばあちゃん達はあの原発事故で、かけがえのないものを失いました。六年経っても、フクシマはフクシマ。農産物への風評被害は依然続き、福島県人がよそに移動することや福島で生産されたものの流通が、「核の拡散」と言われる事実。飯舘村や浪江町や県内のいたる所に黒や青のフレコンバッグ（核廃棄物を入れる袋）が並び、さてこの廃棄物どうしたらいいのだ？　と最終的な行き場が特定されていない現実。廃炉にむかって作業が進むなか、時々の台風やたび重なる地震に六年前に引き戻される不安。次々と避難が解除される自治体に幼い子ども達が帰って本当にいいのか？　という危惧。森も林も沼も池も、手つかずの汚染状態が続いているのは否定できない本当のこと。ばあちゃん達の畑の土や収穫された野菜に、わずかではあっても取り除くことができない放射性核種が含まれているのは、どうしようもなく悲しい真実。忘れたい。認めたくはありません。でも、ここ福島で生きる以上、その事実と向き合わなければなりません。いいえ、私達ばかりじゃない！　六年経っても原発をあきらめないこの国が向き合わなくてはいけないことです。

優君。

残念ながら二〇一七年現在、日本は原子力政策を捨てていません。核廃棄物の問題、廃炉をどうするのか、誰が責任を持ってその事業に携わるのか、莫大なコストをどこで賄うのか、何一つ解決されないまま「原発を動かし続ける」と現政権は言っています。福島原発事故を受けてドイツは脱原発を決めました。当事国である日本がいまだに原発を捨てず、むしろ他国に導入しようとしています。なんと恥知らずなことか！　ばあちゃん達は、でもその恥ずかしい国の国民の一人です。福島を捨てられないように、この国を捨てるわけにもいきません。だって、優君が生きていく国ですものね。

夢を夢見るだけでなく、この手に現実として掴み取るには細やかな準備と、一個一個石を積み上げるような日常的な作業が必要なのであり、そこには数々の恥じ入るような失敗に学び、時には自分の頬を叩きながら意志を律していく過程が大切です。

これから、震災後ばあちゃん達が何をしたかを読んでいただきますね。

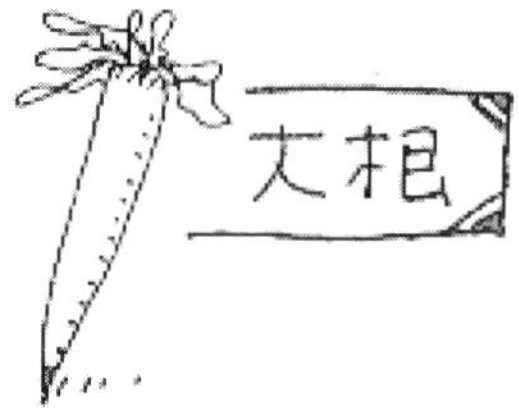
大根

第三章　思いたっちゃんたら吉日

どうやって生活するの？

二〇一一年七月いっぱいで「麦の会」をやめた後、「それでも大河原さんの野菜を食べますよ」と残ってくれた三分の一の顧客に、月に二回、しかも一回一〇〇〇円分の農産物を届けることにしました。「体に良い野菜を提供できる」のがばあちゃん達の誇りだったのに、放射能を含んでいるものを買っていただく申し訳なさがいつもありました。震災前と比べると四分の一ほどの収入になるけれども、そういう設定をするのが精神的な許容範囲だったのです。しかしこれでは生活できませんし、なにより教育費が準備できません。アメリカの大学で勉強中の娘にも、これから大学へ進学しようと希望している息子にも、「原発が爆発したのだから、勉強はあきらめてほしい」とは言えません。それぞれの人生は、たった一度しかないのですから。東京電力に賠償金を請求しましたが、請求額が一〇〇％支払われることはなく、また書類の作成は煩雑で、東電との電話による交渉で怒りのために涙が出ることもあり、「なぜ被害者である私達がここまで嫌な思いをしなければならないのか」の不条理に拳を思わず振り上げることも多かったのです。

なにはともあれ、どうやって今後生活を立てていくか、必死に考えました。ばあちゃん達に付き纏《まと》って離れなかった、提供する野菜に放射能が含まれていることについての「疚《やま》しさ」を、どう払拭するかがとても大きな問題でした。自己責任ではないにしても、体に害があるかもしれないものを販売してもいいのかという、堂々巡りの問いでした。

「あぶくま市民放射能測定所」立ち上げ

だから、汚染の実態を知りたかった。ちょうどそこに、放射能測定器の導入の話が来て、しかも優君のおじちゃんの海君が測定を引き受け、勉強を始めてくれました。どれほど嬉しかったか。二〇一一年十月、離れのかぼちゃ小屋に、「デイズジャパン」と「未来の福島こども基金」という二つの団体からベラルーシ製のベクレルモニターが提供され、「あぶくま市民放射能測定所」が立ち上がりました。

当時は周囲の皆さんも不安の中にいましたから、測定の依頼はたくさんありました。依頼されたなかで、蜂蜜やイノシシの肉は高い結果が出ましたが、野菜についてはいずれも一〇ベクレル以下の低いもので、ばあちゃんは測定器の性能を疑ったほどでした。失礼な話ですね。

ある日、県北のある町から一人のおじいちゃんが玄米の測定を頼みにいらっしゃいました。出てきた数値は二〇〇を超えていました。当時の食品の基準値は五〇〇ベクレルですから食べて問題がある数値ではないとされていましたが、お年寄りの落胆はかなりのものでした。海君は、白米にしてもう一度測ってみましょうと提案し、一週間ほどしてお年寄りは今度は白米を持ってやってきました。結果はおよそ一〇〇の数字でしたが、堀越周辺の農産物の測定結果との違いに、やはり汚染の高い地区はあるのだと実感したのでした。逆にばあちゃん達の農産物の数値の低さを前面に出してもいいのだとなり、野菜を作ること、販売することに希望が持てました。事故後一カ月後にグリーンピースのスタッフが言った言葉が裏付けされたのです。「自分達の農産物の持っているベクレルの数値はこれです。それを買う、買わない、食べる、食べないは消費者の皆さんが決めてください。私達はいままでどおりに、誠実に野菜を作っていきます!」

ばあちゃん達の姿勢は測定結果によって決められたのです。

「月壱くらぶ」の始まり

それまで約三十年、青柳堂個人で商売をしてきたのですが、周囲を見渡せば元気をなくした農業者ばかり。「皆さんの物も販売したい」とそれまでにはなかった感情が湧いてきました。二〇一二年四月、東京世田谷の教会で開催されたマルシェに参加する機会を得たばあちゃん達は、車に「大空会」の仲間の蒸しパンやイチゴをつんで上京しました。じいちゃんは首都高速を走るのが初めてで、とても緊張しながらも頑張ってくれて、「まさか車で東京に野菜を売りに来ることになるとは！」と我が身の変化に複雑な気持ちだったと思います。そのマルシェで、福島の農民の窮状を訴え、「月に一度でいいから私達の農産物・加工品を食べてください！」とチラシを配りました。「月壱くらぶ」の始まりです。

ばあちゃん達はこう考えました。フクシマを恐れ、忌み嫌う人達もいる。でも、福島産の物を食べて応援したいと言う人達もいる。仮に後者が一〇％だとして、東京だけで一二〇〇万人の人口があり、その一割なら一二〇万人が福島を向いてくれる。手を差し伸べてくれる。そんな人を探そう、そんな人とつながろう、そう思いました。マルシェで私達に賛同し、「月壱くらぶ」に入会してくださった方が三五人でした。ばあちゃん達は救われた思いを携えて福島に帰りました。二〇一二年五月に開始した「月壱くらぶ」は、口コミやフェイスブックなどで少しずつ増え、二〇一七年の夏現在、会員数は二〇〇人を超しています。

郡山市の顧客への配達も、農業・加工の仲間の物も注文を取り届けるようにしました。震災前、個人で完結していた商売が仲間に広がり始めて、仕入れや支払いをすることになりました。ささやかな細々とした動きでしたが、確実に以前とは違う流れができてきたのです。

一から始める「壱から屋」と「えすぺり」

流れの先に販売の会社を立ち上げる運びになりました。「何もかも原発事故でひっくり返されたけれど、もう一度一から始めよう!」と、会社の名前は「壱から屋」に決めました。じいちゃん、ばあちゃんそして海の三人が役員の小さな会社です。内閣府提供の、起業する人のための助成金や、「フェリシモ」という民間企業の支援金をばあちゃんがいただいたことから、壱から屋は株式会社になり、ばあちゃんが代表取締役となりました。二〇一三年一月のことです。

さらにばあちゃん達は、大胆不敵にも直売所を建設しました。お金も店の経営の経験もない、ないない尽くしの状態で「なんで店なんだ? 大河原は何を考えているのだ?」と、呆れていた人達も多かったと思います。

なぜ総工費三〇〇〇万円もの建物の建設に思い至ったか、書きますね。

「麦の会」がなくなって、野菜の販売先を探していたばあちゃん達に、郡山市の大きな直売所から野菜を出して欲しいというオファーがあり、私達は大変助かりました。味の良さでトマト、ミニトマトはよく売れましたが、秋口ブロッコリーが大量に残ったことがあったのです。ブロッコリーなどの果菜類には虫がつきやすく、無農薬で栽培するには大変な労力と時間がかかります。虫食いの跡があったり、ビニール袋の中で取り切れなかった青虫がのたくっていたり、およそ一般消費者が喜ぶ商品になりにくい品種です。お隣の展示台の冴え冴えとした緑の、多分に農薬がたっぷり使用されたと思われるブロッコリーは売れ、青柳堂の見た目は悪いけれど味のいい、無農薬ブロッコリーはそのままそっくり袋の中でグッタリと元気をなくしていました。その姿を見た時、ばあちゃんはしみじみ「無農薬・有機栽培の良さを表示できるお店が欲しいなあ!」と思いました。「麦の会」の皆さんは、虫が潜んでいることを農薬不使用の証明と歓迎してくださる方々でした。でも世の中の多くの消費者は、見た目の美しさと価格の安さで選びます。虫がついた野菜なんて食べられないという人も多いのです。

ちょうどその頃、「大空会」のメンバーの一人で、自宅が地震でかなり壊れ建て直さなければならない友人と話したことがありました。新築には約三〇〇〇万円かかると知り、ばあちゃんはこう考えました。

「そうか、一軒家を建てるのに三〇〇〇万。多くの夫婦は一生の間にそれほどの大事業をするのか。私達は築百四十年の家に死ぬまで生活するつもりで、家を新たに作る気持ちはない。でもその予算の半分くらいでお店を建てるのはどうだろう? 家は基本家族で使う物、でも店ならたくさんの農業者に使ってもらえるし、コミュニケーションの場として提供することもできる。そうだ、店を作ろう! 『みんなの店』って素敵じゃないか!」

「希望」が必要だった

原発事故で手も足もままならない状態に叩きのめされた時間の後で、ばあちゃん達にまず必要だったのは「希望」でした。放射能まみれの泥の池でアップアップともがき続けた後にもキラキラと輝く明日は用意されているのだ！　と信じたかった。なんだか熱血青春ドラマの年寄り編みたいな、歯の浮くようなセリフだけど、いいじゃないか！　どうせもう失うものもないくらい痛めつけられたんだ。「やってやろうじゃないか！」と、ばあちゃんの前方に思いっきり解放された鼻から、ボーボーと息が荒々しく発せられたのでした。

「思い立ったら吉日」という言葉がありますが、ばあちゃん達はそれまでも、石橋を見たら慎重に観察することも叩くこともせずに渡ってしまうことが何度もありました。

「今が一番若い！　思いたったちゃんたら吉日！」。たっちゃんと呼ばれていた私にかつてじいちゃんがつけてくれたキャッチフレーズです。本当に、思い立ったら見境なく走り出す人々なのですよ、優君のじいちゃん、ばあちゃんは。

それからもちろん、いえ予想以上にうまくいかないことの連続でした。

財源なんてなかった

まず、直売所を建てようにも、ばあちゃん達にはお金がありませんでした。有機農業という職業は、そう儲かる職業では残念ながらありません。世の中には、農業で上手に利益を上げる人達もいらっしゃって、それはそれで偉いなあと思うのですが、ばあちゃん達にはそういう儲かる農業のセンスがありませんでした。まして子どもがたくさんいましたから、日々の生活で手いっぱい、貯蓄もさほどありませんでした。

なのに、そんな状態でなぜ店なんだ？ って思いますよね。一番心に染みついて離れなかったのは「悔しさ」でした。大切に守り通してきた田畑を一方的に汚染され、ささやかでもオリジナルな暮らしの術を保ってきたのに一方的に破壊され、原発を受け入れたフクシマだからと一方的に差別される、理に合わない現実を黙って受け入れるなんて私達にはできなかったのです。先に書いた販売への基本姿勢を示せる空間、人と人とのつながりを模索できるスペース、またさまざまなパフォーマンスの舞台ともなりうる場所を作りたかったのです。ならば、身の丈に合ったもっと低予算の店で充分じゃないのという意見もありました。三〇〇〇万もかけるなんて馬鹿じゃないの？ きっとたくさんの方々はそう思って、心配なさっていたと思います。なんせ、ばあちゃん達には、商売の経験も経営についての学習の過程もなかったのですから。

店の建設の始まりから一年ほど、振り返れば熱病に浮かされたように、地表から二センチメートルほど浮いたような日々でした。それでも何かに突き動かされていたように私達は突っ走ったのです。

あるのはやる気のみ

お金は公的な機関の援助を受けられないかとまず考えました。田村市農林課、農業改良普及所、教えられた機関には足を運びましたが、残念ながらそこでお金の工面はできませんでした。次に、公的な融資窓口である日本政策金融公庫に向かいました。内閣府からの助成金を受ける過程で、私は「たとえ素人でもやる気のある起業家を国は応援します」いう謳い文句を受け、「やる気はある、いやむしろあるのはやる気のみ、それでも原発事故の被災者である我々を、しかも農家仲間のために建てる直売所の建設を、きっと国は後押しをしてくれる！」と信じ切っていたのです。「甘い！」と顔の前面にペタリ、レッテルを貼り付けられても仕方ないといまなら思います。けれど、当時のばあちゃん達は必死でした。

二〇一二年九月、借りる土地を三春町に求め（「大空会」のメンバーの多くが三春だったし、郡山市にも近く、また「陸奥《むつ》の小京都」という三春町の持つイメージを大事に考えた結果でした）、パイプハウスを扱う会社の社長さんの協力をいただくことができて、大変立地条件の良い三〇〇坪もの敷地をお借りすることが可能となり、「万歳」し、友人の一級建築士に店の設計を依頼し、素敵なデザインをしていただき、予算が当初の倍の三〇〇〇万になり、内心「ひぇーっ」と思い、でも何とかなりそうな、いやなんとかするのだ！　となおいっそう鼻息を荒くし、施工の会社が決まり、神主さんの地鎮祭の日取りが定まり、根拠のない自信に羽が生えてフワフワ天空を漂うような時間の矢先、私達は、牛のしっぽにぴしゃりと叩き潰されるハエのように、突然落とされることになりました。

日本政策金融公庫に、二五〇〇万円の融資の書類を一式提出して、「ほっ！」として、担当の方から「審査には一カ月かかります」と言われ、「満額は無理でも八〇％くらい貸してもらえるかなあ、それとも半分くらいかなあ」と待って、約束の一カ月が過ぎても返事はなく、こちらから電話したうえで、「大河原さん、申し訳ないですが、一切お貸しできません」という返事を受けたのです。

「えっ？　一円も貸してもらえないということですか？」「はい」

どういうこと？　私達の何が悪い？

思えば、筋違いの申し込みだったということが今なら見えます（シビアなビジネスの世界に、浪花節でもあるまいし「みんなのため」とか「原発被害者が立ち上がる」とか、そんな心情的、感情的な要素はいらなかったのです。必要なのは、二五〇〇万円もの借金を返せる人間かどうかの私達への的確な査定です）が、電話を終えた瞬間、目の前で黒いカーテンが突然下ろされ、行き場がなくなった体が蟻のように情けなく縮んでいく気持ちがしました。体の中に蓄えられていた空気が一気になくなってしまったような感覚です。

それでも翌日、ばあちゃんは「私が納得できる説明をしてください！」と単身金融公庫郡山支店に乗り込んでいきました。担当のT氏は、脂汗をかきながら説明してくれました。

「理由は三つあります。第一に、大河原さんが店を建てようとしている土地は、借地なので担保権を設定できない。第二に、大河原さん達には、商売の経験がなく、提出してもらった事業計画案の中身があまりにも脆弱《ぜいじゃく》である。第三に、大河原さんが持参した預金通帳の残高が極端に少ない」

つまり、意欲はあっても金はない人間に門戸は開かれず、経験と資産豊かな人材に公庫はお金を貸すのです。そうか、そういうことか、金融公庫の入り口になびく、「福島応援」の桃太郎旗は建前上で、私達貧乏人が期待するのはお門違いもいいとこなのだ。

父さん、同じになっちゃったよ

「悔しい、悔しい、悔しい！　これが現実か、これが私達の現実か！」

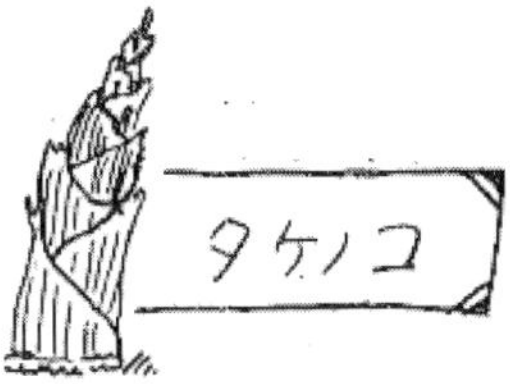

我が家に向かう車の中、信号待ちに空を見上げて、私が二十五歳の時に亡くなった父を思いました。父は、きょうだいの事業の失敗から、連帯保証人として私が十歳の頃、つまりおよそ五十年前、当時六八〇万円（いまなら六八〇〇万円か）という借金を抱えてしまい、非常に辛い思いをし、耐え切れずアルコール依存となり、酒とたばこと妻への暴力で家族から嫌われ、五五歳で心不全で倒れる人生を送った人です。

「父さん、どうしよう、多津子も父さんと同じになっちゃったよ」。涙がどうっと流れました。なぜこんなに私達は苛《いじ》められなければならないのか？

でもね、優君。

ばあちゃん達は、そこで立ち止まらなかったのです。もちろんじいちゃんといろんな話をしました。店を作るのを先に延ばすかという意見も出ました。でも、ばあちゃんは大空会の皆さんに「夏までには直売所を作るから、農産物を提供してください」と言ったのだし、何としてでも負けたくなかったのです。敵は、原発事故そのもの。そして弱小農民を痛めつける世の中の仕組みすべてがばあちゃん達をいたぶっているように感じ、「しょうがないじゃないか、あんたたちの運命だ」と言うような不条理のるつぼに嵌めよう嵌めようとする空気そのものに思えました。

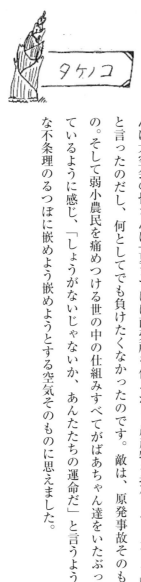

駆けずり回る

じいちゃんの従兄《いとこ》で、銀行の店長を務めていた経験のある人に相談に乗っていただきましたが、他銀行からの融資の可能性は低いと言われ、とにかくお金を貸してくれそうな親戚、友人、知人に窮状を訴え、かき集められるだけ集めるようにと言われました。いま思うと、恥も外聞もなく、手紙を出し、メールし、電話をかけ、胃がシクシク痛み眠れない夜が続きました。

しかし、一カ月後、なんと二一〇〇万円の融資と五〇〇万円のカンパが集まったのです。わずかながら自己資金もあり、三〇〇〇万が準備できたのだから、人生って捨てたもんじゃないと思いました。こうなることは決まっていたのだと思うそばから、えっ？　本当？　本当に夢は叶うの？　とどこか現実感がなかったり。一カ月で一五〇人もの人が、私達を信じ応援してくれたのです。会社の貯金通帳に次々と信じがたい数字が送金された事実は、ばあちゃん達の一生を彩る奇跡であると今でも思っています。

「えすぺり」開店

さて、そんなこんなで「えすぺり」は二〇一三年七月十三日にオープンを迎え、それはそれは賑やかに始まりました。「えすぺり」とは、世界共通語として約百年前に、ポーランドの眼のお医者さんが作った言語・エスペラント語で「希望を持つ」という意味です。前に進むためには、なによりも希望が必要ですからね。柔らかい語感になるようにと、ひらがなで表記することを選びました。

オープン初日、たくさんのお祝いの花々が並び、色とりどりの風船が揺らめき、ピエロがやって来てくれたり、友人がクラリネットを吹いてくれたり。店には、溢れるほどのお客様がやって来て、放射能の数値を公表する店として新聞社やテレビ局の取材もたくさん入り、白昼夢の中を歩いているような熱を帯びた数日が過ぎました。しかし一週間もすれば、花は枯れるものだし、風船はしぼんで寂しく地に落ちていくものです。新し物好きのお客様は次第に遠のき、アルバイトのスタッフをなんと六人も雇ってしまう失敗をしてしまい、オープンから二〜三カ月もすれば人件費の捻出に首を絞められることとなりました。

店を守るためにばあちゃん達は、こちらから頼んだ人達に頭を下げて辞めていただくことにしました。恥ずかしく申し訳なく、我が身が情けなく、再び眠れない日が続きました。「会社」としての基本的な仕組みもよくわかっていない状態での経営が、うまくいくはずもないのです。たくさん恥をかき、たくさん悔し涙を流し、頭をどしんどしんと叩かれてぼこぼこになるような心持ちもたくさん経験しました。

でもね、優君。

人生はなかなか素敵です。批判するのと同じくらい助けてくれた人達がいました。こんなド素人のやる仕事を「がんばれ！　負けるな！」と本気で支えてくれる人達がいたのです！　有機農業についての姿勢と同様、真面目に正直に取り組んでいればわかってくれる人は必ずいる。一歩ずつ、いや半歩ずつでも前に進んでいけば必ず道は開けるし、何かが生まれ変わっていく。そう信じてきたし、間違いはなかったといま実感しています。

あれから四年。「えすぺり」は営業成績で飛躍的な成長は、残念ながら見せてはいませんが、でも三春町桜ヶ丘の片隅にポチリと落ちた種からは、確かに根が伸び、葉が広がり、小さいながら蕾《つぼみ》を持ち始めているように感じています。

店でいろんなことをしましたよ。写真展や上映会、放射能についての勉強会、体に良い食事や調理法の講習会、プロのロックシンガーや落語家の公演をしたこともありました。ばあちゃん達「赤いトマト」が一緒になって、子ども達と現役を引退した保育士の先生方がそれぞれ人形劇のチームを作り、練習して、三春町の文化センターの小ホールで発表会もしました。良い成果が残ることばかりじゃなかったけど、でも楽しかったなあと振り返ることができます。

強力なスタッフと仲間

二〇一六年五月に、海が倫子《とも》さんという良き伴侶を迎えてから、「えすぺり」は野菜やパンの直売所のみならず、野菜中心の体に優しい食事を提供するレストランを兼ねていると認識されつつあります。ともちゃんは、東京世田谷のオーガニックレストランでお料理を仕事にしていた人で、「えすぺり」にうってつけの人材です。強力な仲間を得たのです。二人とその仲間が中心になって、「さんさんバザール」というイベントが始まり、もう七回を数えています。駐車場にたくさんのテントが張られ、県内のあちこちから仲間が集まって、フリーマーケットやいろんなお店が並び、いつもと違う「えすぺり」になります。遠く白河市からピアノを弾きに来てくださる方、ハンドマッサージのボランティアに駆けつけてくださるシスター達、さまざまな方が関わって盛り上げてくださいます。

店には、お金儲けよりも環境に優しい生き方、わが身の繁栄よりこの先の未来を生きる子ども達のために何をなすべきかを本気で考える方々が、いままでにたくさんやって来てくれました。二〇一六年一月、店が始まった時からの念願だったソーラー発電が、グリーンピースの協力とクラウドファンディングに参加してくださった多くの方々のおかげで実現しました。じいちゃんとばあちゃんが、この六年駆けずり回った軌跡を、映像や写真集や本にしてくださった方々もいらっしゃいます。

「大河原さん達の野菜には、オーラがあります！」と、この上ない褒め言葉で定期的に農産物や加工品を注文してくださり、東京大田区のイベントで販売してくださっているNPO「くぅ〜の東北」の皆さん、大河原達と新しいプロジェクトを立ち上げようと、そうめんカボチャを素材にジャムやピクルスの商品開発に取り組んでくださっているのは一般社団法人「いぶき宿」の方々、ロックのライブ会場で私達の野菜を販売してもらって五年ほどになるHさん、京都のクリスチャン系の高校のイベントで集めたからと高額のカンパを携えて来てくださったT校長先生、数えきれない皆さんが大河原を支えてくださいました。みんな本当に優しい！

震災前のように大河原だけで商売をしていた限りでは、決して会えなかっただろうお客様の顔が次々と浮かびます。「えすぺり通信」という開店半年後から始めた通信を読んで、さまざまな感想や意見や思いを伝えてくださるお客様、店先の花壇が寂しいからと自宅のお花を分けてくださる方、「ここは私のパワースポットなの」と笑う人、店の経営を心底心配して何かと手伝ってくださる友人達、週に一度のボランティアで郡山から通ってくださるOさん、なんて心強い仲間！

会社がなかったら知り合うこともなかった生産者の皆さん。「大空会」の仲間も、六年前は同様に苦しみ、うろたえ、「この先どうなるんだろう?」という頼りなさを共有したみんな。六年経って、日に焼けた顔、ガサガサと荒れてしまった両の手、ゴツゴツと節くれだった、まさに農民の指をひらひらさせながら、笑う、しゃべる、食べる、元気のいいおばちゃん達が戻ってきたのです。それが何より嬉しい。

試されたのか?

「運命」ということを考えます。

一〇〇〇年に一度と言われていた地震が起き、原発事故によって大地も海も日常も、以前と同じには修復できないほど汚され破壊された私達の福島。なぜ福島なのだと、何度も何度も考えました。一人で運転する車の中は私が涙を止めない場所でした。抑えきれない涙がボロボロ出て、車を止めるしかないときもありました。

周囲を見渡せば美しいふるさと。木々の梢が風を受けるたびに葉をひるがえし、一斉に緑の色を変えながらささやくような静かな旋律を生む林。風の動きに合わせて、うなずくように、「お前は間違っちゃいないよ」と私を慰めるように揺れる竹林。空は青く澄み渡り、うっすらとブルーを遮る雲は何も知らぬようにこちら側からあちら側に流れていく。家々の前にはバラやゼラニュームが咲き誇り、山にはフジの花の紫やヤマブキの黄色が濃い緑の中に控えめに在るふるさと。せいせいと水面に立ち、その凛《りん》とした姿に微笑んで「頑張れ！」と思わず声をかけたくなる田んぼの若苗。こんなにきれいなのに汚染されたふるさと、そう思えば涙は止まりませんでした。

でも、二年目、ばあちゃんはこう考えるようになりました。

「汚染されていても、私のふるさと。愛おしい福島。捨てるわけにはいかない」

実家の母がきりりと前掛けかけて手ぬぐい締めて、慈しんできた畑や花々。大河原の自宅前にこんもりとお椀型に鎮座して、私達の四季の移ろいを見守ってくれているがんご山、遠くには美味しい湧水を提供してくれる黒石山を臨み、三十五年間夫と義母と私とが、草と闘い虫と闘い作物を育ててきた田んぼと畑。かつて踏床で自然由来の温かさで野菜の苗を育て、皮肉にも原発事故後は電床によって芽出しすることになったとしても野菜の芽はなんとも愛らしい。トマト、インゲン、オクラにズッキーニ。それぞれが緑の双葉を精いっぱい天に向けて、宇宙からのエネルギーを全身で受け、まっすぐに空に向かおうとする姿は神々しい。苗達は、太陽の恵みと雨を受けて実を膨らませ、プリプリと充実した夏野菜になってくれる。お姫様のようなトマト、赤や黄色やオレンジと色とりどりのミニトマト達が籠いっぱいに広がると、思わず「わーっ！」と歓声が上がる。緑艶やかな枝豆やガブリと味わう時の満足感がなんとも嬉しいトウモロコシ等々、たとえ放射能の影響が皆無ではないとしても、その豊潤な味は依然と同じように私達を満足させてくれる。

汚染されても大好きな私達の生業。土とともに生きることこそ私の原点なのだ。まさに、この土が私を育ててくれた。

そしてまた、五人の子ども達の存在と、彼らからもらったたくさんの喜びと苦しみが私を深くしてくれた。

いまに続くすべての出来事、二〇〇におよぶいままで作ってきた人形達、幼稚園や保育所の子ども達との、弾けるような笑いと共に過ぎたかけがえのない時間、震災、原発事故、「壱から屋」、「えすぺり」、そのすべてが私をここまで連れて来てくれた。

心からそう思います。

あの花

あの天災と原発事故を、私の中でどうとらえたらいいのか、考え続けています。

津波で亡くなった命、原発事故に絶望して逝った方々を、「運命だから」の一言で納得できるものではありません。「何故？」の問いは死ぬまで続くものです。ただ、我々大河原に襲いかかってきた事態をどう消化したらいいのか？

ひかりおばちゃんと話した時、彼女はこう言いました。

「母さん、きっと試されたんだよ」

そうか、「お前はどこまでやるのか」と、どこかの誰かが見ているのだ。どーんっ！

と突き落とされて、泣いて暮らすのか、とことん誰かを恨んでいくのか、それとも阿呆になって新しい橋を渡るのか、試されたんだ。それが私達の運命だったのだと言われれば、「そうなのかも?」と思えたのでした。

ばあちゃんは、農業に就いたことも、人形劇を続けてきたことも、そして震災後商売を始めたことも後悔はしていません。海君が農業を選んでくれたことや、さらに二〇一七年、仲間達と農業法人を立ち上げ、堀越に新しい風を吹かせようとしている動きには、胸がワクワクします。いまの福島で勢い農民が動くと、「放射能の影響を矮小《わいしょう》化するのか」とあらぬ誤解を呼んだりするのですが、セシウムの値や栽培履歴を提示しながら、受け止めてもらえる方とのみつながればいいのだと思っています。

これからの世界

ばあちゃんは、これからの福島に希望を持って生きていきますが、ただ、あなたと、あなたの横の、後ろの若い人々に、こんな不安要素の多い世界を残してしまっていることがとても辛い。

このところ、夏には異常な高温が続き、日本のあちらで雨が被害を呼ぶかと思えば、こちらでは少雨に泣き、バランスを欠いた気象が続いています。「異常気象」が、世界のさ

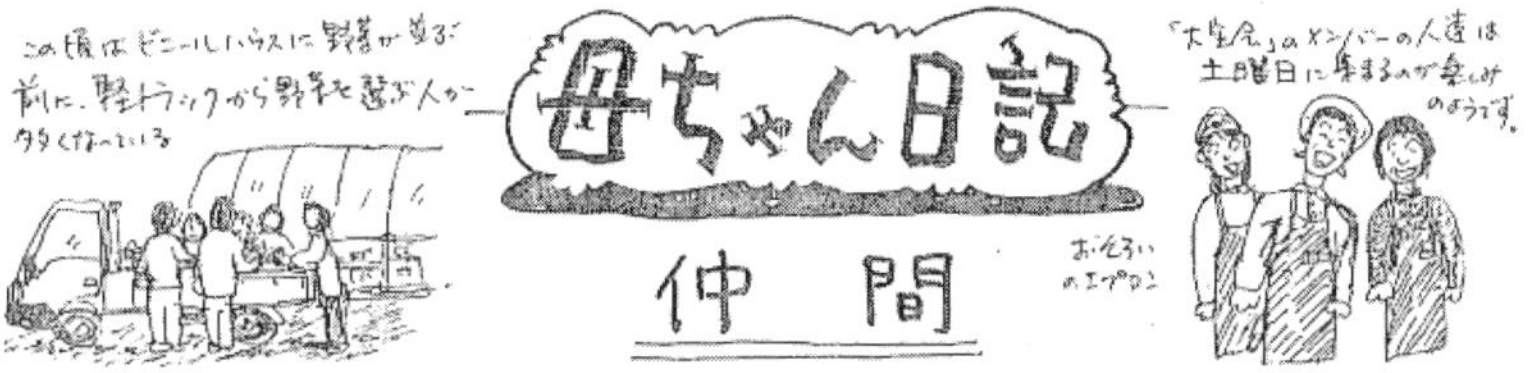

まざまな場所で人々を苦しめ、「異常」と言えない「日常」になりつつあります。

国民の大多数が反対しているのに原発が再び稼働し、安保法が強行可決され、自衛隊が世界のどこにでも銃を携えて行けることになりました。共謀罪が無理やり国会を通り、第二次世界大戦前の自由な発言が憚《はばか》られる社会の空気にどんどん近づいていると、とても心配している人が多く、ばあちゃん達はこの国の形がゆがんできていると感じています。

紛争もテロも絶えることなくあり、シリアやアフガニスタンから、安心できる暮らしを求めて難民が動き出していますが、そのことがまた新たな火種を作り、いまこの瞬間泣いている子ども達、命を脅かされている子ども達が、厳然といるのです。あなたが中学生になって、この本を読んでくれる日、世界が、日本が、どうか二〇一七年の今よりもほんの少しでも良い方向に向かっていることを心から願っています。

人は誰でも幸福になる権利を持っています。清潔な空気と水と食べ物を保証される権利があります。

胸の中に、十年後、二十年後のなりたい自分がイメージできたら、その自分に向かって確実に歩き出せる環境を保証されるべきなのです。

すべての選択はあなたに委ねられています。あなたの行きたい道を阻むものがあったら、その時は優君、闘わなくてはなりません。私達は「言葉」を持つ生物です。言葉を尽くして、心を尽くして、丁寧に障害物を取り除く必要があります。

「天変地異」がひどく影響することもあるでしょう。ヒトは個体として考えれば、そう強いいきものではないのかもしれない。でも、知恵を持ついきものですからね。

あるいはまた、権力者が作る「時代」が君を思うがままに動かそうとすることがあるかもしれません。どうか、しなやかに、力強く、闘ってください。

ばあちゃんは、原発事故という想像を超えた人災の中に放り込まれたこと以外、六十余年の自分の人生を幸福だったと思っています。

これからあと何年生きられるかわからないけれど、穏やかで美しいふるさとを心の中に描いて、そうなることを願って、できることはほんのわずかでも、笑いながら歌いながら、やっていきます。そうそう、私は「鼻息ばあちゃん」という人形で公演の導入をするのですが、滑稽な顔、まるっきりのズーズー弁、ユーモラスな動きに、子ども達はひっくり返って喜んでくれます。このばあちゃんこそ、私です。やる気、元気を鼻の穴から撒《ま》き散らして、ばあちゃんは残りの時間を大切に生きていきます。最後に、「えすぺり通信」から、二つの文を書いておきますね。

＊――＊――＊――＊

▼えすぺり通信　２０１５・４・24

一〇〇分の一歩の先にあるもの――

少し前の「えすぺり通信」に私は一〇〇分の一歩ずつのわずかな歩みでも、前に進んでいる実感がある、といった内容を書きました。「畑仕事」も「人形劇」も「店の経営」も、私の大切な仕事であり、それぞれを私は好きで、それぞれの面白さを知っていると思えるようになりました。

でも、四月二十二日朝食を準備しながら考えこんでしまいました。今日一日どんな服を着て、どんな食材で何を料理し、何の仕事をするか、ぜんぶ自分で選択できているようでも本当はそうではないのかも知れないと……。

ラジオのニュースで流れたのは、たしかアメリカの海岸に、体力の弱ったアシカがたくさん押し寄せ、保護団体のスタッフが対応しきれないでいるということでした。先日、茨城県の海岸に、百六十頭余りのイルカが上がり、多くのイルカが死んでしまった、その原因はよくわからないとされたニュースもありました。折しも新しい安全保障法制についての自民党・公明党の協議が二十一日に決着し、海外での自衛隊の活動が一気に拡大するという記事が新聞の第一面という朝でした。

時代の大きな潮流の中のわずか一滴の水に過ぎない私。海の中に深刻な環境の変化が起きているのかも知れません。アシカやイルカの事例は、その具体的な事象の一つなのであって、一度起きてしまった環境破壊を止めることはできないのかもしれません。そして、また日本という国の政治的な変化も私には恐ろしく、流れを止める手立てがもしあるとするならば、何なのだろうと考えてしまったのです。

第二次世界大戦の始まり、多くの国民は本当のことを知らされず、気がついたら戦争の真っただ中に立たされ、息子や夫を戦場に取られ、食べ物も食べられず、空から爆弾が降ってきて、それでも「もう戦争は嫌だ、死にたくない！」と本音を言うこともできず、何か変だ、何かおかしいと思いながら耐えるしかなかった、その時代の空気に、もしかすると再びいま、この国は入っていこうとしているのかもしれません。

一〇〇分の一歩ずつでも進んでいこうとする先が、戦争であったり、生物が生存できない環境破壊では困るのです。

人は何のために生きるのでしょう。美味しい物を食べるため、自分の能力を発揮するため、夢に見た風景を本当に見るため、他人より良い服を着たり高い車に乗る

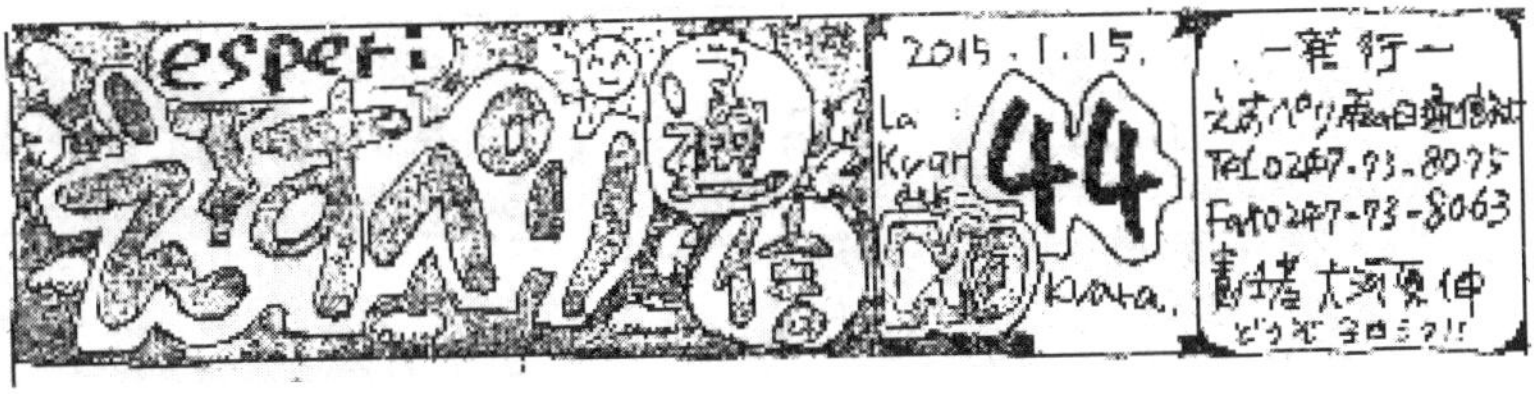

ため……。人は目的や希望や欲望のために生きているのです。でも、その果てが子や孫を苦しませることにつながっているとしたら……。先の人間にとてつもない負債を残し、平和な生活を奪うものであるなら、私達は何のために働き、生きているのでしょう？　流れを変えたいと真実思います。

地球というこの星が、すでに弱り切っているのは間違いのない事実です。ヒトという生物の一部が、原因を作ってしまいました。でも、まだ何かできるかもしれない。自分の生活を変えること、政治をかえること。漠然とした文になってしまいましたが、「世界アースデイ」のこの日、戦争と環境破壊、二つの問題のどちらもヒトのどす黒い欲望の結果なのだという点で、悲しいけれどつながっていることを、私は書きたかったのです。

▼えすぺり通信　2017・4・28

反原発人形劇（過去・現在・未来）――

二〇一三年二月に一人人形芝居「太郎と花子のものがたり」の上演を始めてから、私は全部で三つの反原発人形劇を作りました。過去・原発立地のありさまはこんなふうだったかと思い描いた「パッツー」。現在、原木シイタケ農家に起きた悲しみを人形劇で表現した「太郎と花子のものがたり」。そしてこの先の未来が舞台の「ソラライズ」です。

「パッー」はこんな話です。

静かな森にある日パッーがやってきます。怪物のパッーは、貧しい森の住民達においしいキャンデイ「おじぇおじぇ」を提供すると言います。たぬきは夢をみるようにおいしいおじぇおじぇを欲しがり、「パッーはいいやつだ」と主張します。対してうさぎは「何の目的でパッーは来たんだ?」と懐疑的で、「おじぇおじぇなんかいらない! 街に帰ったらいいべ!」といいます。パッーが来て森に美しい花「エーネー」が咲きますが、パッーはそれを街に持っていき、後には近づくと即死するほどくさいうんぴが置き去りにされます。森の懐柔に成功したパッーは、次にどこに行くのか?

原発の立地には、「その土地の貧しさ」が条件の一つだったと聞きます。「お金に弱い」ことは悲しいこと。でも多くの人が認めざるを得ないその弱点を利用して、この国は五十六もの原発を作りました。先が見えない私達にうさぎのような鋭い洞察力はなかなか持てなかったかもしれない。ただ最初から変わらぬ信念で、原子力政策に反対してきた方々はいらっしゃったのです。そんなことなど考えながら作品の完成を目指します。

第三作「ソラライズ」は、「資源がない国ニッポン」とされ、核エネルギーを受け入れた結果、二〇一一年レベル7の原発事故が起きたことによってたくさんの物や心を破壊された福島の象徴フークンが、太陽や風、雨に教えられ、慰められ、再生していくものがたりです。すっかり元気をなくしたフークンが、周囲のさまざまな人物を受け入れ、緑が伸び、花が咲き、「そうだ、自分達が生まれ育ってきたところは美しいのだ」と再認識します。自分で生み出した「エーネー」は自分達のもの。大切なふるさと、かけがえのない自然の中で未来のあるべき姿まで描けたらと願っています。

ばあちゃんは、かつて反原発運動から脱落した人間です。今度こそ人形劇という形で原子力政策に反対であることを、生涯表現していきます。優君にもいつかぜひ見て欲しいです！

＊―――＊―――＊―――＊

優君。

生まれてきてくれて本当にありがとう。

あなたの手を握り、あなたの目を見て、あなたの話を聞きたいです。一緒においしいコーヒーを飲もうね。ばあちゃんは、豆の煮込み料理とか、リンゴやレーズンの入ったクッキーとか、ナッツ入りのスコーンを作って、ここ船引で優君が来るのを待っていますね。
　最後まで読んでくれて本当にありがとう。ではまたね！

▼▼▼おまけ

『パツー』　１幕１場　森の中　花が咲いている

登場人物
うさちゃん　森にすむうさぎ　女の子　賢い、気が強い、パツーに対して懐疑的
たぬくん　森にすむたぬき　男の子　純朴、のんびり屋、パツーに対して好意的
パツー　森にやってくる怪物　おいしい「おじぇおじぇキャンディ」でたぬき達の森を思い通りにしようとする。

（うさちゃんとたぬくん　下手《しもて》から　歌いながら登場）

ある日　森の中　お花を見に行こう　みんなの大切な花を見に行こう
うさちゃん　たぬくんはなんで歌わねえの？
たぬくん　えっ？　ぼく歌ってっぺ！
うさちゃん　聞こえない
たぬくん　じゃあ一人で歌うよ　あるう日　森～の～なあか　お花を～
うさちゃん　とろい！　もうちょっとハキハキビシビシできねえの？
ここの花はオッケー　たぬくん　行くぞい！
たぬくん　もう　うさちゃん　待って！　いっつもはりきりガールなんだからあ
でも　そこが好きだべ！
（うさちゃん　下手に退場）
（一人でいるたぬくんに　パツーがすーっと近づく）
パツー　こんにちは！
たぬくん　（ぎょっとして）あんた誰？
パツー　私の名前はパツー　気が付いたらそこにいるパツーです
たぬくん　へえー　おれ　たぬくん
パツー　たぬくんはキャンディ好き？
たぬくん　うん　めったに食べられねえけどね

パツー　僕がこの森に来たのは　みんなと友達になりたいからさ
たぬくん　ふーん
パツー　あげようか？
たぬくん　（独り言で）どうすっぺ　知らねえ人からもらっていいんだべか？
うさちゃんに相談すっぺか
パツー　夢を見るような気分になるよ　まっ　いらないなら他の人にやるだけさ
たぬくん　欲しい！（もらって食べる）うめえ！
パツー　ホーッホーッホーッ（笑う）もう一ついかが？
たぬくん　ありがとう！　これなんて言うの？
パツー　おじぇおじぇキャンディ
たぬくん　へえー　おじぇおじぇキャンディかあ
パツー　友達にもあげようか？
たぬくん　うん　俺　うさちゃんを探してくる！　うさちゃあん！（下手に退場）
パツー　従順で　素朴で　扱いやすいたぬき　この森はいただきかな？
へっへっへっ！
（パツー森の花をガブリッムシャムシャムシャと食べてしまう）
うーん　デリシャス！

（パツーの周りに電気の花が咲く）
アラア　食べたら早速もよおしてきた　うーん　ぼよんっ
（うんぴが出る）
ふー出た出たうんぴっ　すっきりポン　すっきりしたら眠くなる
タヌキの野郎来ねえじゃねえか　ちょっとひと眠り（上手《かみて》の草陰で眠る）
（うさちゃんとたぬくん　下手から登場）
たぬくん　おじぇおじぇキャンディっていってなあ　すんごくうまいんだ
うさちゃん　どこにいんの？
たぬくん　あれ？　パツーさん　どこに行ったんだべ？　ちょっと探してみる
うさちゃん　たぬくん　夢でも見てたんじゃねえの？
（タヌキ　あちこち探し　パツーのうんぴに近づく）
たぬくん　うっ　なんだこれ　くっ、くさい！　頭がクラクラする　吐き気もする
うさちゃん　たぬくん　早くこっちに来て　あれなんだべ？
たぬくん　（ふらふらになって）うさちゃん　あれに近づいちゃだめだ
うさちゃん　分かった　たぬくん　とにかく川で体を洗ってきな　口の中もすすぐんだよ
たぬくん　うん　（下手に退場）
うさちゃん　どうも怪しい　ここで検証！　たぬくんはここでパツーとやらに会った

おじぇおじぇキャンディとやらをもらって食べた　変な物体があった
たぬくんが近づいたら気持ちが悪くなった
（パツーが上手から登場）

パツー　おやぁ　可愛いうさぎさん　こんにちは
うさちゃん　あんたがパツー？
パツー　なんとまあ攻撃的な物言い
うさちゃん　あんた　どっから来たんだ？
パツー　（上手を指して）　あっちから
うさちゃん　何しに来たんだ？
パツー　森を豊かにするためだよん！　貧しくてろくなもん食ってないんだろう？
うさちゃん　あんたに心配されたくねえばい
パツー　（独り言で　なんて気の強いめすうさぎ）　そんなこと言わないで
キャンディを召し上がれ
うさちゃん　いらない！
パツー　食えよ！
うさちゃん　自分の街に帰ったらいいばい！
パツー　お前らのために来てやったんじゃねえか！

ドングリだとかキイチゴだとか、そんな地味な食べ物じゃなくて、世の中には美味しい物がいっぱいあるんだぜ
マクダナルドのハンバーガー、ケントッキーフライドチキン　どうだ食ってみたいだろ？　なあ　うさぎさん　人生は楽しまなくちゃ
未来の豊かなエネルギーは、おじぇおじぇキャンディを食べることから始まるのさ　さあさあさあさあ！
（うさぎに詰め寄るパツー）

うさちゃん　もしかしてあんた　森の花をどうかした？
パツー　ギクッ！
うさちゃん　その動揺した体の動き！　間違いねえ　花をどうしたんだ？
パツー　そんなこと知るか！　ふーっふーっふーっ
うさちゃん　あんたの目的は何？　あの花は何？
パツー　ホーッホーッホーッ　あれはエネルギーの花、エーネーよ！
うさちゃん　エーネー？　なんだかさっぱりわかんねえ
パツー　わかんなくていいんだよ　おめえらは森を提供しておじぇおじぇをもらう
俺はここでうんぴを出して、エーネーを街に届ける
めでたしめでたし　簡単じゃないか

うさちゃん　さあ、おじぇおじぇキャンディをどうぞ！
うさちゃん　怪しい怪しい絶対怪しい　たぬくんは騙されてっぺ
　（独り言で）　どうしたらいいんだ？　うん　よし
パツー　わかった？
うさちゃん　でもパツーさん　たぬくんを呼んで来っから　待ってて
パツー　まあしょうがねえなあ　早く呼んで来い！
　（うさちゃん　下手に入る）
　その間に花をガブリッ　エーネー咲いて、うんぴをぴっぴっ
　眠くなったら（草陰で）グーグー
　（この様子を物陰で見ていたうさちゃんとたぬくん）
うさちゃん　見た？
たぬくん　うん　見た
うさちゃん　どうすっぺ？
たぬくん　俺たちにできることは　はっきりとおじぇおじぇより森が大事
　だということだべ
うさちゃん　そうだね　仲間がもっといたらいいのに
たぬくん　会場の皆さん　手伝ってください！

「森にパツーはいらない！　おじぇおじぇより森が大事！」って

うさちゃん　お願いします！

(会場の皆さんと一緒に)

「森にパツーはいらない！　おじぇおじぇより森が大事！」

(パツー登場)

何言ってんだ！　みんなおじぇおじぇが好きなくせに！

いいよいいいよ

こんな森捨ててやる　僕の行く所は他にもあるさ

僕を好きな奴はいっぱいいいるのさー。

さあ次の標的はどこだ？

(パツー次の森を探して退場)

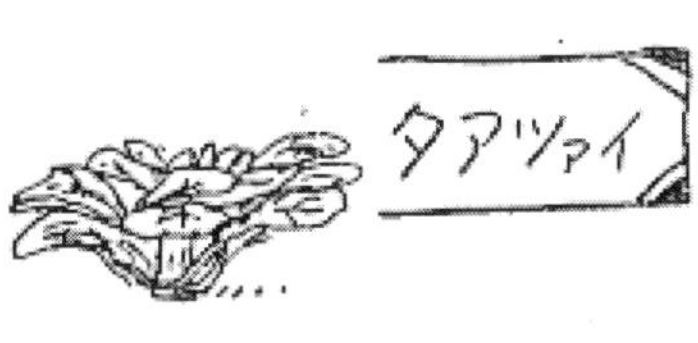

幕

『ソラライズ』　1幕1場　森の中　フークンの家が下手にある

登場人物

フークン　森の中のいきもの　福島の象徴　六年前放射能に汚染された過去に苦しんで

いる
みっちゃん　森の外の子供　女の子　六歳　好奇心が強い
そーくん　森の外の子供　男の子　六歳　積極的なみっちゃんを抑える
風の精
水の精
ウサギ　お話の進行役

ウサギ　ここはフークンが住む森です。森にはたくさんの木が茂り、太陽が輝き、時々風が吹き、雨が降ります。フークンは、この森が大好きでした。でも……
（フークン　家から出てうつむきながらグルグル歩く）
フークン　だれもここには来ない
（フークン家に入る）
（みっちゃん、そーくん　走って上手から登場）
そーくん　こら待てえ！
みっちゃん　待たないよーだ！　きゃははっ
（二人　フークンの家の前で急に止まる）
みっちゃん　あれえ　ここ誰のおうち？

そーくん　えっとね　たしかフークンの家だよ
みっちゃん　フークン？
そーくん　うん
みっちゃん　見たことないね
そーくん　なんかね　パパの話だと　フークンは汚染されたんだって
みっちゃん　汚染？
そーくん　うん　放射能？
みっちゃん　ほーしゃのう？　聞いたことある　それで、お外に出てこないの？
そーくん　よくわかんないよ
みっちゃん　行こうか
そーくん　うん
（二人　フークンの家を見て上手に走り去る）
フークン　こどもがここに来るなんて　だめだ！　また来た！（家に引っ込む）
そーくん　（上手から）だからね、パパが言ってたけど、フークンはやばいんだよ
みっちゃん　会ってみたいなあ
そーくん　だめだって！
（みっちゃん　そうっとフークンの家をのぞく）

（フークン突然二人の前に現れて）

二人　ギャア！　出たあ！

フークン　なんだよ　今会いたいって言ったじゃねえかあ

みっちゃん　うわー！（上手に逃げて、振り返る）　こわい！　かと思ったら面白い顔

そーくん　やめろよ　みっちゃん　帰ろうよ

みっちゃん　（そうっとフークンに近づいて）こんにちは

フークン　こっ　こんにちは

みっちゃん　ほら　あいさつしたよ　ねえ　あなたフークンっていうの？

フークン　（うなづく）

みっちゃん　いっしょに遊ばない？

そーくん　みっちゃん　ダメだって！（上手に走り去る）

みっちゃん　こんなところで寂しくないの？

フークン　おめえには関係ねえべ

みっちゃん　フークン　くさくないし、乱暴じゃないし……

フークン　おれはね　体から悪いものを出してるんだって

みっちゃん　ふーん　どんな悪いことしたの？

フークン　おれはただエーネーの花を咲かせてただけだ

みっちゃん　エーネーの花？
フークン　町の人たちが欲しがる
みっちゃん　ふーん　エーネーの花って大事なんだ
フークン　そりゃそうだべ　エーネーがねえと生活できねえ
この国は、エーネーを作る資源がないんだ
（政治家が現れる）
政治家　エー　皆さん　日本にはエネルギー資源がありません。石油、石炭ありません。だっかっら原子力です！
世界一の技術、クリーンエネルギーの原子力！
みっちゃん　そうか……　それでフークンはエーネーの花を咲かせ続けた
フークン　うん（うなだれる）まさかあんな事故が起きるなんて考えてもいなかった
そーくん　原子力しかないの？　僕たちには。
（風の精がやってきて踊る）
風が吹けば、力が生まれる
（エーネーの花がポッと咲く　風の精　退場）
そーくん　エーネーは風で生まれるんだ！
（水の精　あらわれて唄う）

みっちゃん　雨が降れば　水が落ちて　力が生まれる
ウサギ　へえ　そうなんだ
みっちゃん　他にもありますよ。
フークン　地熱、バイオマス、波の動き　日本は本当は資源豊かな国なんです。
二人　すごーい！　見て！
フークン　いつの間にか　葉っぱが伸びてきれいなお花がいっぱい！
二人　エーネーの花だ！　ほんとに原発でなくても花は咲くんだね
フークン　うん
みっちゃん　でも
そーくん　でも？
フークン　何か忘れてねえ？
みっちゃん　そうだよ　大切な
そーくん　大切な　太陽だ！
（背景の太陽の幕がパっと落ちて）
フークン　ソラ　ソラ　ソラライズ
森はいろんな力がいっぱい
みっちゃん　ソラ　ソラ　ソラライズ

エーネーの花がいっぱい

そーくん　ソラ　ソラ　ソラライズ

エーネーの花がいっぱい

みっちゃん　フークン　この森　きれいだね

フークン　ありがとう！

（エーネーの花を抱いて）

ウサギ　六年半前の悲しみは消えなくても、
フークンは自分の森を大切に、それからも暮らしましたとさ、おしまい！

幕

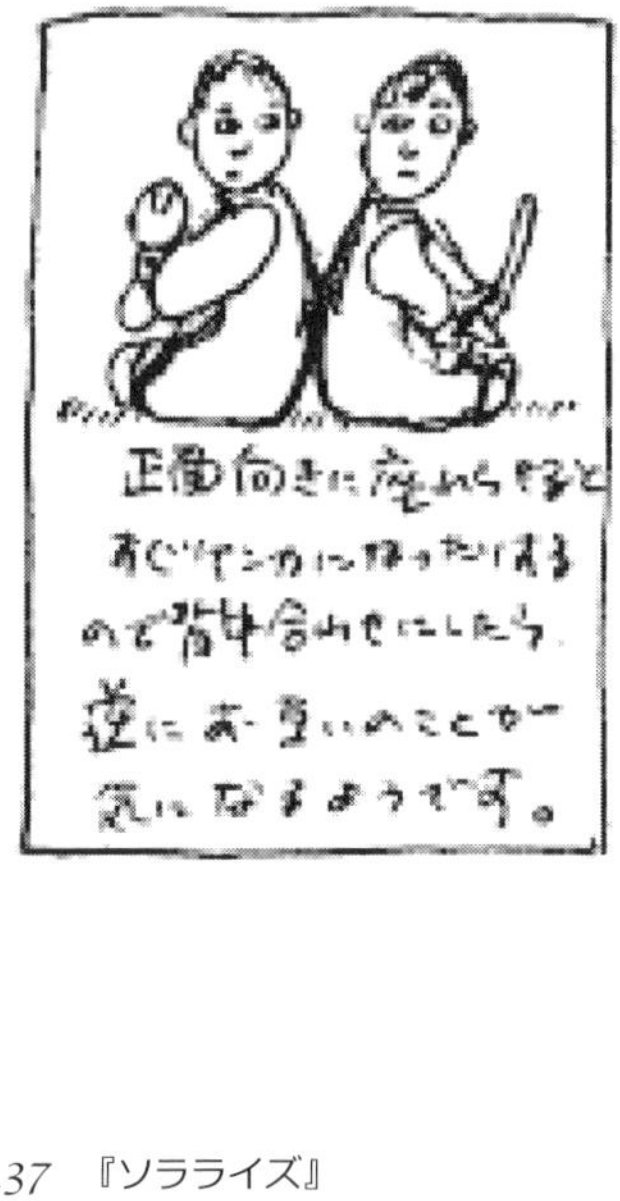

おわりに

だいぶ前に、環境問題の講演会に参加したとき、講師の先生がおっしゃった一言が胸に残っています。「皆さんが幸福に生きられる方法を、これから伝授いたします。それは、〝人生は思ったとおりになんかいかない〟という言葉を常に胸に収めていることです」。

本当にそうだなあと思います。十代のころ、私の大きな関心は自分の顔の作りから離れませんでした。一重瞼の目、上方が欠落しているような鼻（特にコンプレックスだった）、歯の質も並びも悪く、「なんか、悪いパーツが顔に集中してる……」と、当時男性の前に出るのが結構しんどかったのでした。

でも、ちゃんとパートナーも得て、そのうえ五人もの子どもに恵まれ、有機農業と人形劇という二つの生きがいに沿った人生を、かなりしっかりと構築することができ、「私の人生、なかなかいいじゃないか」と一時は思ったけれど、不登校、うつ病、そして原発事故と、次々と難問に行き当たることになりました。親として試されることばかり。うろたえ、嘆き、「希望」という二文字は、はるかかなた大滝根山の頂上あたりに行ってしまったかと頼りなく感じた時間も多くありました。

幸いなことに、夫婦で何でも話し合い、二人で対応することができる関係だったこと、たくさんの協力者や相談できる方々に恵まれたことで、なんとかここまで歩いてくることができたのです。

トラブルは、しかし学びのときでもありました。時間も、体力も、経済も、いつもギリギリのこれまでの人生です。「奇人、変人、ギリギリス」というのが、私たち夫婦のキャッチフレーズで、たすかに常識から外れたことばかりしてきたなあ……と思います。こんな両親を、時には呆れ、時には受け入れ、反面教師、あるいはあまり近くにいない妙な人生の先輩として（多分）愛してくれている五人の子どもたちに、心の底から「ありがとう！」の言葉を贈ります。

今回、本の出版にご尽力をいただいた、ロシナンテ社の四方哲さま、レイアウトをしてくださった日置真理子さまに、感謝申し上げます。ありがとうございました。

優君、そして七月に生まれたばかりの二番目の孫の蓮《れん》君。

ばあちゃんはあれほど劣等感を持っていた自分の顔に、この頃、愛着を持てるようになりました。生きていればこその逆転ってあるんだよね。幸い幸いと生きるのも人生、なかなかハードだけど面白い！　というのも人生。始まったばかりのあなたたちと、横につながるたくさんの若い命の、この先の歩みがどうぞ幸多いものであることを、願っています。

最後に、この本を手に取って読んでくださった貴方に。

ありがとうございました！

二〇一七年八月三十一日

大河原多津子

著者略歴

大河原多津子

1954年、福島県郡山市生まれ。福島大学教育学部在学中、人形劇に出会う。1985年、結婚と同時に田村市船引で就農。有機農業に従事。半年後、夫と共に人形劇団「赤いトマト」を旗上げ。2013年、三春町に直売所兼レストラン「えすぺり」をオープン。ひとり人形芝居「太郎と花子のものがたり」の上演を始める。この人形劇は原発震災で苦悩するシイタケ農家の姿を描いたもの。

思いたっちゃんたら吉日

福島で5人の子どもを育てたかあちゃんの記録

発行日　2017年11月20日　初版第1刷発行

著者　大河原多津子

編者　ロシナンテ社
http://www9.big.or.jp/~musub/

発行所　㈱解放出版社

〒552-0001　大阪市港区波除4-1-37　HRCビル3F
TEL　06-6581-8542
FAX　06-6581-8552

東京営業所
〒101-0051　千代田区神田神保町2-23
アセンド神保町3F
TEL　03-5213-4771
FAX　03-3230-1600
http://kaihou-s.com

装幀　鈴木優子
レイアウト・データ制作　日置真理子
イラスト　大河原伸
表紙デザイン協力　平田風子

印刷・製本　モリモト印刷株式会社

ISBN978-4-7592-6778-5　NDC360　139P　21cm